U0533730

穷人

[俄] 陀思妥耶夫斯基 著

磊然 译

人民文学出版社

БЕДНЫЕ ЛЮДИ
ДОСТОЕВСКИЙ Ф. М. ПОЛНОЕ СОБРАНИЕ СОЧИНЕНИЙ В ТРИДЦАТИ ТОМАХ / АН СССР, ИНСТИТУТ РУССКОЙ ЛИТЕРАТУРЫ (ПУШКИНСКИЙ ДОМ), ТОМ Ⅰ. НАУКА, ЛЕНИНГРАДСКОЕ ОТДЕЛЕНИЕ, 1972–1990.

图书在版编目(CIP)数据

穷人/(俄罗斯)陀思妥耶夫斯基著;磊然译.—北京:人民文学出版社,2021(2024.12重印)

(陀思妥耶夫斯基中篇心理小说经典)
ISBN 978-7-02-016977-1

Ⅰ.①穷… Ⅱ.①陀…②磊… Ⅲ.①中篇小说—俄罗斯—近代 Ⅳ.①I512.44

中国版本图书馆 CIP 数据核字(2021)第 023748 号

责任编辑　李丹丹
装帧设计　黄云香
责任校对　孟天阳
责任印制　王重艺

出版发行　人民文学出版社
社　　址　北京市朝内大街 166 号
邮政编码　100705

印　　刷　三河市中晟雅豪印务有限公司
经　　销　全国新华书店等

字　　数　105 千字
开　　本　850 毫米×1092 毫米　1/32
印　　张　7　插页 1
印　　数　17001—20000
版　　次　2021 年 11 月北京第 1 版
印　　次　2024 年 12 月第 6 次印刷

书　　号　978-7-02-016977-1
定　　价　49.00 元

如有印装质量问题,请与本社图书销售中心调换。电话:010-65233595

揭示人之奥秘的"最高意义上的现实主义者"

"人是一个奥秘。应该解开它,如果你毕生都在解开它,那你不要说损失了时间;我在研究这个奥秘,因为我想做人。"1839年,尚未年满十八岁的陀思妥耶夫斯基在给兄长写的一封信里写下了这句著名的话,每每论及作家创作特点时这句话经常被引用。

一

陀思妥耶夫斯基的处女作,也是其成名作《穷人》,从内容到形式已经在践行揭秘的构想。早在十九世纪六十年代,新土壤派文学文化批评或曰"有机批评"理论的提出者格利高里耶夫就撰写了一篇文章,名为《费·陀思妥耶夫斯基与感伤自然主义流派》,对《穷人》的体裁做了在我看来最为精准的认定。虽然感伤主义文学作为一种文学流派在十九世纪四十年代的俄国文坛已经销声匿迹,但《穷人》在很多方面与感伤主义文学有着千丝万缕的联系。

首先,想必当时的读者看到小说的题目,十有八九会立即联想到引领过半个世纪前俄国阅读风尚的感伤主义代表作家卡拉姆津的《可怜的丽莎》,因为两部作品中的"穷"和"可怜"使用的是同一个俄语词汇。相信阅读完小说的读者脑海中留下的主要印象应该不是"穷",而是"可怜"和心疼,男女主人公的最后一封信尤其促成了这一印象的形成。女主人公瓦尔瓦拉最终被迫嫁给只闻其名不见其人的贝科夫先生,不得不与"弥足珍贵"的男主人公马卡尔·阿历克谢耶维奇·杰武什金分离,在道别信里她写道:"现在我的心里堵得满满的,堵满了泪水……泪水憋得我不能透气,撕碎了我的心。再见吧。上帝啊!我是多么忧伤!记住我,记住您可怜的瓦连卡!"这里的关键词不是"穷",而正是"可怜";当男主人公最后语无伦次地写出这些话:"他们正在把您带走,您要走了!现在他们就是把我的心从我的胸腔里剜出来,也比把您从我这里带走的好!……啊,天哪,天哪!……您是一定要跟贝科夫先生到草原上去了，而且是一去就不回来了！啊，小宝贝！……不，您还要给我写信，您还要给我写一封信，把一切都告诉我……不然的话，我的美妙的天使，它岂不就成了最后一封信了，可是要知道，说什么也不能让这封信成为最后一封。怎么会突然之间，的的确确成为最后一封！……"这时候我们能体会到男主人公力透纸背的悲伤和失落，这封恐怕到不了收信人手里的信让我们感受到的是可怜和心疼，同时也能更深刻地理解同居一个院落、隔窗相望的男女主人公通过书信相互联系的根本原因：对于处于孤独之中的人，可以倾诉是最重要的，感受到被需要是存在的意义，而书信无疑要比面对面的交流更自由、更酣畅淋漓，甚至更肆无忌惮。虽然九级小官吏杰武什金贫穷，但他心甘情愿放弃好一些的住宅去租一个小破屋子，为的是给他的"小天使"瓦尔瓦拉租一个好的房子，放弃包括喝茶这样最基本的生活需求，为的是让他的"心肝"可以享用美味的茶点，放弃买一双梦寐以求的靴子、换件像样的大衣，为的是让他的"小宝贝"可以像其他太太小姐一样打扮起来，而做这一切或努力做到这一切是他的幸福源泉，让他心有所依，而瓦尔瓦拉的离开却让他的心空了、慌了、乱了，变成了一个深不见底的大洞。由此可以发现，小说的主题不是社会问题"穷"，而是心理问题"孤独"以及由此引发的"可怜"。所以说，小说的结尾同样应和了感伤主义文学的传统套路，即相爱的人因为外在环境的压迫而不得不分离，虽然小说描写的不是男女之间狭义的爱情。

其次，小说采用的是书信体的形式，由31封男主人公马卡尔·杰武什金的信函和24封女主人公瓦尔瓦拉·多布罗谢洛娃的书信组成，而书信体是感伤主义文学的传统文学形式，冲破古典主义文学条条框框的感伤主义文学作家热衷于书信体的主要原因，是让往往身为普通人的主人公通过书信敞开心扉，直抒胸臆，表达细腻的、百转千回的情感起伏，使读者尽可能地走进人物的内心世界。初入文坛但立志解开人之奥秘的陀思妥耶夫斯基采用书信体写作第一部大部头作品，是情理之中的事。顺带说一句，在此之后两年出版的长篇小说《白夜》采用男主人公"独白"的形式，同样是挖掘人这个奥秘的自然需求。

最后，小说的语言，尤其是杰武什金的语言和语言风格，具有鲜明的个性特点。有意思的是，小说甫一问世，这一特点就引起了读者和评论家的注意，甚至包括疑惑和诟病。具体说来，一是啰嗦或曰话多，二是比比皆是的小词[①]的运用，这些

[①] 小词指俄语中的指小表爱词语。——编者注

小词既包括大量的语气词,也包括上百指小表爱的词语,比如"小天使""小宝贝""小花",甚至"小子宫"。"子宫""小子宫"在俄语中通常是对女性,尤其是对年轻姑娘的温存爱称,但满篇的"小子宫""亲爱的小子宫"依然引起了作家同时代读者的生理不适。①

这样的语言风格在当时直接引发的怀疑就是:一个在官僚机构中整天抄抄写写、在枯燥公文中度过了三十年时光的小官吏会这样说话吗?这样说话恐怕不会,但这样写却并不丧失真实。实际上,如果关注陀思妥耶夫斯基的全部创作就不难发现,其作品人物,尤其是社会底层小官吏的这种絮叨和滥情并不鲜见,比如《罪与罚》中的马尔梅拉托夫,比如《卡拉马佐夫兄弟》中伊留沙的父亲,等等。需要注意的是,俄罗斯感伤主义文学语言方面的一大典型特点恰恰是指小表爱词语的运用,须知在《穷人》之前二十年面世的格里鲍耶多夫的剧作《聪明误》中,对索菲亚和莫尔恰林的讽刺正是通过二者模仿感伤主义文学主人公而广泛使用指小表爱词语体现出来的。

《穷人》不仅具有浓郁的感伤主义文学特点,同时应当指出,

---

① 这或许正是翻译家磊然在译本中没有采用这一直译的原因。——编者注

发表在涅克拉索夫以支持和弘扬自然主义流派为宗旨而出版的《彼得堡文集》上的《穷人》，无疑应和着时代的呼声，真实、自然、深入地描绘普通人的琐碎日常生活和情感是小说的核心内容。在小说主人公，尤其是男主人公的书信中，我们看到了彼得堡大街小巷的灯红酒绿、声色犬马，办公室里各色人等的冷酷和温情，出租屋里不同房客的傲慢和卑微，父子之间的隔膜和亲情，等等。小说由此丰富了俄罗斯文学中的"小人物"画廊，至少可以说，以书信体呈现的"小人物"杰武什金比普希金《驿站长》中的维林更丰富，比果戈理《外套》中的巴什马奇金更立体，彼得堡底层"小人物"在陀思妥耶夫斯基这里有了自己的声音，开始讲述自己以及与自己类似的人的故事，开始讲述自己的生活。

纵使涅克拉索夫读完《穷人》以后发出"新的果戈理出现了！"这样的惊叹，但文学评论家瓦列里昂·迈科夫的认识应该更为准确。在《穷人》发表的同一年，迈科夫写了《略论一八四六年的俄国文学》一文，明确指出："果戈理也好，陀思妥耶夫斯基也罢，表现的都是现实的社会。但果戈理主要是社会诗人，而陀思妥耶夫斯基主要是心理诗人。对于一个人来说，个体作为某个社会或某个圈子的代表而言重要；对于另一个人来说，社会本身因其对个体的个性产生影响而言有趣。"

迈科夫在陀思妥耶夫斯基刚刚进入文坛时就如此精准地发现了他创作的典型特征，尤其是这种特征贯穿了作家未来的全部创作，我们不得不佩服评论家的洞察力及其眼光的预见性。而作家的这一创作特点正源于其解开人这个奥秘的初衷。

二

紧跟《穷人》完成的中篇小说《双重人格》可以被看作前者的姊妹篇，作家在这里更深地进入一个"小人物"亦真亦幻的内心世界，全方位地展示出内心裂变的孤独之人的所见、所思、所感。虽然小说采用的是第三人称叙述形式，但通篇读下来，读者不难产生第一人称的叙述感受，因为小说的所有人物、事件以及对这些人物情感和事件的体察与认识都是通过主人公戈利亚德金的眼睛和内心折射出来的，比如其仆人彼得鲁什卡的爱搭不理、莫名其妙的讪笑，比如其同事们诡异的交头接耳、窃窃私语及其时而惊讶捂嘴时而放肆大笑的反应，这一切行为之中，在主人公看来，都隐藏着不可告人的阴谋，而小说自始至终都笼罩在这个不可告人的阴谋里。从小说第一章主人公"上星期由于某种需要"拜访了"医学与外科学博士"开始，到最后一章被这个博士带走（虽然我们不得而知将把他带去哪里，但带去精神病院应该是大概率事件）结束，读者被主人公引领着、感悟着这个阴谋，或如小说初次问世时副标题标示的"戈利亚德金先生的历险"。"某种需要"是什么呢？是感受到被迫害、感受到周围都是"敌人"因而需要得到专业的救助，被害情绪需要得到排解，换句话说，从这个时候开始，用医学术语描述，小说主人公成了被迫害妄想症患者，而这个阴谋就是整个世界都在与自己作对，都要迫害自己，所谓"历险"，也就是遭受迫害的危险和感受。小说的最后一句话"呜呼！他对此早已经有预感了"，与小说最初的副标题形成了呼应，而实际上，这种预感在小说中是随时随地存在的，正因为这种预感如影随形的存在，读者也就不由自主地产生了切实的被代入感、身临其境感。

《双重人格》之所以可以被看作《穷人》的姊妹篇，是因为二者的主人公具有诸多共同之处：都是小官吏，都孤身一人、形单影只，都恐惧周围的人和事，都深切感受到同僚的鄙视，都渴望得到认可和肯定。同时，不同之处同样也是显著的，这种不同和差异使两部作品构成了相互充实和丰富的关系。我们前面说过：对于处于孤独之中的人，倾诉是最重要的，感受到被需要是存在的意义。能够倾诉、可以奉献让杰武什金感到自己的存在有价值，而丧失了倾诉对象和奉献渠道让他万念俱灰。《双重人格》的主人公比他更为可悲和无助，他从来没有被任何人需要过，从来没有机会向任何人倾诉内心的情感，他要说的话、希望表达的想法从来没有完整地表达过，唯一的一次敞开心扉、酣畅淋漓地把"某些秘密和隐私坦诚"相告的对象是他的双重人小戈利亚德金，得到的结果却是对方的背叛和羞辱。

值得思考的是，小戈利亚德金对于大戈利亚德金来说究竟是一个怎样的存在？双重人格的两重性，其一是显在的行为举止，其二是隐秘的、受到抑制的欲望和心思。戈利亚德金的显在人格表现在官本位社会里的处处小心、谨小慎微、维持外在的"体面"，而隐秘人格则通过小戈利亚德金得到了淋漓尽致的体现，小戈利亚德金对大戈利亚德金的感受是复杂的：既为其行为感到不齿，又对其暗暗地怀着钦羡，不然小戈利亚德金一次次首当其冲出现在他脑海里的形象怎么总是脱不开春风得意、左右逢源呢？他为什么又总是会留意到对方是在办"特差"呢？实际上这不正是他梦寐以求的自己的模样吗？

可现实中他的感受却是："把我像块破布头似的擦来擦去，

我绝不答应。……我不是破布头；先生，我不是破布头！""不过话又说回来，我们也无意争论。如果有人想要，比如说，如果有人硬要把戈利亚德金先生变成一块破布头，要变就变呗，既不反抗，也不会受到惩罚（有时候戈利亚德金先生自己也感觉到了这一点），于是一块破布头就出来了，戈利亚德金成了不是戈利亚德金——就这样，变出了一块又脏又下贱的破布头，但是这破布头可不是一块普通的破布头，这破布头也有自尊心，这破布头也有生命、也有感情，虽然这是一种不敢反抗的自尊心和不敢反抗的感情，远远地躲在这块破布头的肮脏的折缝里的感情毕竟也是感情呀……"

现实中卑微怯懦、任人欺凌的小官吏戈利亚德金与其幻想中不择手段但讨同事喜欢、平步青云的戈利亚德金形成了撕裂。迈科夫在《略论一八四六年的俄国文学》中指出，《双重人格》表达的是由于意识到撕裂而"毁灭的灵魂的解剖学"，小说主人公的恐惧及其社会无助感正是由撕裂引起的。格利高里耶夫同样使用了医学术语评价《双重人格》，认为它"是病理学，不是文学"。不管是解剖学还是病理学，这类评价都是从不同侧面发现并肯定陀思妥耶夫斯基的小说对人物灵魂的挖掘之深。

当陀思妥耶夫斯基的这一创作特点被普遍认可、他本人不断被认定为心理学家的时候,他却强调自己不是心理学家,而是"最高意义上的现实主义者"。换句话说,对于作家来说,人的心理现实、隐藏在人心幽暗"地下室"里的现实,是最高意义上的现实,解开这个现实的奥秘才能解开人这个奥秘。

三

任何一个人都不能对另一个人盖棺论定,不管他自以为如何了解另一个人,每个人都有不为人知,甚至不为自己所知的一面,这一面可能是美好的,也可能是阴暗的,这里体现的正是人性的复杂,或者如陀思妥耶夫斯基所言,是极其隐秘的"最高意义上的现实"。一八五四年,陀思妥耶夫斯基在写给哥哥的一封信里表达了类似的认识:"……人不管在哪里都是人。我四年里在苦役地的强盗中间终于剥离出了人。你是否相信:存在深刻的、强有力的、美好的性格,在粗鲁的外壳底下寻找金子有多么快乐。而且不是一块、两块,而是好几块。"对人的这种认识不时回响在作家不同时期的创作之中。

人性复杂的原因之一在于人有冲动,俄罗斯人更是如此。陀思妥耶夫斯基更擅长的是表现冲动的恶果,或如别尔嘉耶夫所说的冲动的"岩浆"。在一八七三年《作家日记》的《伏拉斯》一文中，作家集中探讨了这个问题。借着俄国乡村两个小伙子打赌谁敢对着圣餐（即耶稣的身体）开枪的机会，作家深入观察了俄罗斯人会争论、会打赌"谁比谁做得更放肆"的现象，发现了"在最高程度上对我们从整体上表现出整个俄罗斯民族"的"民族典型"："首先是在一切方面忘记一切尺度……这是一种跨越边缘的需求，一种对呼吸停止感觉的需求，达到深渊，半个身子吊在里面，往无底洞里张望，在个别但却十分不稀有的情况下像个疯子似的大头朝下扑进去……"

这种忘记一切尺度的冲动对于陀思妥耶夫斯基本人是不陌生的。在国外一度沉迷赌博、总是赌得身无分文、预支稿费也要赌、终至债务缠身面临牢狱之灾的经历，无疑是陀思妥耶夫斯基创作小说《赌徒》的现实基础和直接动机，是促使其思考冲动这个魔鬼的根本原因。小说《赌徒》的主题就是冲动、狂热、失控，各种形式的、忘记一切尺度的冲动、狂热和失控。

二十五岁的主人公阿列克谢本是个聪明的、有教养的、善良的年轻人，狂热地爱上他担任家庭教师人家的继女波琳娜，贫穷、地位卑微的他渴望一夜暴富，以为有钱就有一切，因此一次偶然的机会进入赌场后，他一发而不可收，成为金钱的奴隶，更准确地说，是成为赌博的奴隶。虽然他自以为还爱着心上人，可相比于爱情来说，赌博的力量更不可阻挡，爱人则早已退居次要位置了，在赌桌前赢钱让他觉得自己是个王，是个神，是世界的主宰，就像他自己说的，"忽然被可怕的冒险狂热所征服"。也就是说，他觉得自己是世界的主宰，可事实上是赌博主宰了他。应该说，聪明、目光锐利、言辞犀利的七十五岁老奶奶安东妮达·瓦西里耶芙娜同样被这种"可怕的冒险狂热"攫住了，卷入赌场而不能自拔，第一次上瘾输掉数量可观的金钱，第二次干脆把全部现金和部分有价证券都输了个精光，对自己的轻浮行为已有所悔恨、打算回国的她，却在火车启动前二十分钟决定"我不赢回来死不瞑目！"，并最终输掉了几乎全部家产，这个被小说中众多人物心心念念的"钱袋"借了钱才得以返回俄罗斯。

小说《赌徒》还通过男女主人公纠结的爱情关系呈现了作家在其他更为著名的作品中的主题——"驯服吧，骄傲的人"，这一主题在很大程度上与失控的情感有着直接的关系：女主人公波琳娜的心实际上一直属于阿列克谢，但她在现实中的表现却十分傲慢，甚至冷漠，当阿列克谢把赢来的、让她可以借此捡回脸面的五万法郎交给她的时候，她却决定彻底破罐子破摔，委身于阿列克谢之后把本该摔到抛弃她的法国侯爵脸上的钱摔到了阿列克谢的脸上,这无疑是小说的一个高潮。人与人之间,尤其是男女人物之间这种说不清理还乱的关系,在陀思妥耶夫斯基的作品中比比皆是,而其中的根本原因,在作家看来,皆源于面子,源于蒙受羞辱后的自尊,也因此才有了"驯服吧,骄傲的人"的呼吁。

四

关注人性、深入洞察人性的复杂,甚至让陀思妥耶夫斯基完成了与其说是文学作品,不如说是反理性宣言的小说《地下室手记》。小说分为两个部分,第一个部分是"地下室人"絮絮叨叨的宣言,第二个部分是主人公以自身现实生活中的案例为第一个部分做注解。

宣言的核心内容就是否定铁一般的定律"二乘二等于四",即早已得到公认、无可辩驳的事实,主人公就是要撞破这道墙,哪怕头破血流。展开来说,是主人公激情洋溢的自问自答:"请问诸位,是谁第一个声明,是谁第一个宣称,说一个人是因为不知道自己真正的利益才去做坏事的;还说,如果启发他,让他发现自己真正的、正常的利益,他便会立即停止干坏事,摇身一变成为一个善良而高尚的人;因为,一旦受到启发,知道了自己真正的利益所在,他就会在善行之中发现自己的利益,而众所周知,谁也不会明知故犯地违背自己的利益而行动,于是,可以说他就必然地开始行善啦?哦,幼稚的人哪!……有史以来的这几千年里,究竟何时人只为自己的利益才行动呢?……人们明知利害,也就是说,他们完全清楚自己的真正利益所在,却将这些利益放在次要位置,而奔向另一条道路,去冒险,去撞大运,没有任何人、任何东西在强迫他们这样做,他们似乎只是不愿去走已然指明的道路,而是顽固地、任性地要闯出另一条艰难的、荒谬的路……"

就像小说主人公的现身说法一样,他明明早就清楚与从前的同学聚会必将蒙受"耻辱",可为什么还一定要去呢,而且是在打肿脸充胖子的前提下?他的内心明明对妓女丽莎怀有同情和怜悯,可激发出对方人的感受之后为什么要残酷地侮辱她呢?或者用主人公自己的话说:"偏偏是在我最清楚地意识到完全不该去做的时候,这是为什么呢?我越是意识到善和所有这一切'美与崇高',便越深地陷入我的泥潭,越是难以自拔。"导致这一切的有人性中非理性元素在作祟,同时与感觉自尊受辱,或是前面提到过的面子受伤的人病态的自我确定也有着密切的联系。

在"环境决定论""靴子比莎士比亚和普希金更崇高"的功利主义和实用主义盛行的十九世纪六十年代，陀思妥耶夫斯基以反理性主义小说《地下室手记》回击了当时自以为是、自信满满地认为改造环境可以让人变得更好的论调，在作家看来，认识人的奥秘、改造人本身才是第一位的，而环境只是对人的行为有一定的促进作用而已，甚至二者之间往往没有任何关系。正因此，陀思妥耶夫斯基在他的大量创作中以及《作家日记》中展现了各色人等无数的用理性无法解释的非理性行为，对于其所处时代流行的所谓"现代法庭"上律师巧舌如簧地把犯罪全都归咎于环境予以了质疑。

《罪与罚》主人公拉斯柯尔尼科夫的大学同学拉祖米欣的质问最有代表性：一个名利双收、志得意满的四十多岁的老爷诱奸一个幼女，是环境让他这样做的吗？这是人性使然。人心的"地下室"幽暗、肮脏、深不可测，与此同时，这漆黑一团的肮脏中又时时闪现出美与善的光辉。

*　　*　　*

陀思妥耶夫斯基在《穷人》《双重人格》《赌徒》《地下室

手记》中清晰地勾勒了他的创作"圆心"——探索人的奥秘。综观陀思妥耶夫斯基的创作,可以说,作家倾其一生都在努力完成自己在少年时期设定的任务。

赵桂莲
二〇二一年七月

唉，这些讲故事的人哪！他们不去写点儿有益的、愉快的、让人快活的东西，反而把过去的全部底蕴都挖掘出来！……我真要禁止他们写作！咳，这太不像话：你一边读……一边不由得思考起来，——这时脑子里就会胡思乱想；真的，我真要禁止他们写作。简直要完全禁止他们写作。

弗·费·奥多耶夫斯基①公爵

---

① 弗·费·奥多耶夫斯基（1803—1869），俄国作家、哲学家、教育家。这段话引自他的短篇小说《活死人》（1839）。——俄编注

我珍贵的瓦尔瓦拉·阿历克谢耶芙娜!

　　昨天我是幸福的,非常幸福,极其幸福!在您的一生中,您这个脾气固执的人总算有一次听了我的话。晚上八点钟光景我醒来(您知道,小宝贝,我下班回来喜欢睡上一两个小时),拿出蜡烛,准备好纸张,在削笔。忽然,我无意之中抬起眼睛,真的,我的心就猛烈地跳了起来!这么说,您终于懂得我要什么,懂得我的心要什么了!我看见您的窗帘的一角卷了起来,挂在凤仙花的花盆上,完完全全照我那次向您暗示的那样;这时我觉得,您的小脸好像在窗户那边闪露了一下,好像您也在从您的小屋里看我,您也在想我。我亲爱的,我没能好好地看清楚您那可爱的小脸,我是感到多么遗憾哪!有一个时期我们是能看清楚的,小宝贝。人老了可不是一件愉快的事,我的亲人!就像现在,眼睛看什么都模模糊糊;晚上稍微干点儿活,抄写点儿什么,第二天早上眼睛就发红,不住地流眼泪,甚至不好意思见生人。然而在我的想象中,我的小天使,您的微笑,您那善良和蔼的微笑开始在放射光芒，使我心中有一种感觉，就像我当时吻您的感觉一样，瓦连卡①，小天使，您记得吗？您知道吗，我亲爱的，我甚至觉得您好像在那里伸出一根小指头在吓唬我呢？是这样吗，小淘气？您下次写信，一定要详细地把这些都描写一下。

好吧，关于您的窗帘，我们想出来的这个小点子您认为怎么样啊，瓦连卡？非常可爱，是吗？我不管是坐着工作也好，躺下睡觉也好，睡醒了也好，我总知道您在那儿想我，记住我，知道您自己身体健康，开心。您放下窗帘——那就表示，再见，马卡尔·阿历克谢耶维奇，该睡觉了！您拉起窗帘——那就表示，早上好，马卡尔·阿历克谢耶维奇，您睡得好吗？或是，您身体好吗，马卡尔·阿历克谢耶维奇？至于我，感谢上帝，我身体健康，平安无事！您看，我的心肝宝贝，这个点子想得多妙；连信都不用写了！很妙，不是吗？这个点子可是我想出来的呀！瓦尔瓦拉·阿历克谢耶芙娜，您看我在这种事情上怎么样啊？

我要告诉您，我的小宝贝，瓦尔瓦拉·阿历克谢耶芙娜，

---

① 瓦尔瓦拉的爱称。

昨天夜里我睡得非常好，好得出乎我的意料，这使我非常满意，尽管搬了个新地方，住在新居，总会睡不踏实，总有些不对劲！今天早上我起来精神抖擞，好快活！今天早上天气好极了，小宝贝！我们的小窗户打开了，阳光灿烂，小鸟啾鸣，空气中散发着春天的芳香，整个大自然都复苏了——其他的一切也都相得益彰，无懈可击，真是一派大好春光。今天我甚至相当愉快地幻想了一阵，而我幻想的全都和您有关，瓦连卡。我把您比作天上的小鸟，是为了给人安慰，为了点缀大自然而创造出来的。这时我就想到，瓦连卡，像我们这些生活在忧患焦虑之中的人，也应该羡慕天上的小鸟的那种无忧无虑的、天真的幸福——是啊，其他的想法也都是相类似的，就是说，我净在做这种生搬硬套的比喻。我这儿有一本小书，瓦连卡，里面也有同样的想法，一切也都描写得详详细细。我写这些，是因为幻想是有各种各样的，小宝贝。现在是春临大地，所以人的思想都是那么愉快、机智、奇妙，所以温柔的幻想就来了，一切都蒙上玫瑰的色彩。我是因此才写下了这些；然而，这一切我都是从那本小书里得来的。作者在小诗里表明了同样的愿望，他写道：

为什么我不是小鸟儿，不是猛禽！

等等。那里面还有各种各样的想法，不过不去管它！可是今天早上您到哪儿去了，瓦尔瓦拉·阿历克谢耶芙娜？我还没有打算去上班，您就从屋里飞出来，真像一只春天的小鸟，那么欢快地在院子里走过去。我看着您，心里是多么快活呀！啊，瓦连卡，瓦连卡！您别发愁，用眼泪消愁是不可能的；这我是知道的，我的小宝贝，这我是凭经验知道的。现在您是那么舒适，您的身体也稍微好些。哎，您的费奥多拉怎么样？啊，她是一个多么善良的女人！瓦连卡，您要写信告诉我，现在您跟她一块儿生活得怎么样，您对一切都满意吗？这个费奥多拉有些爱啰唆，不过您别在意，瓦连卡。上帝保佑她！她是那么善良。

我在信里已经讲了关于这里的捷列扎——她也是一个善良而又忠实可靠的女人。本来为了我们的信件我是多么担心哪！这些信件怎么来传递呢？现在上帝赐福给我们，派来了捷列扎。她是一个善良温和的女人，沉默寡言。可是我们的女房东简直是狠心肠，逼着她干活，把她当作破抹布似的。

唉，我落到一个什么样的贫民窟里来了，瓦尔瓦拉·阿历克谢耶芙娜！唉，这也被称作住人的地方！以前我的生活像个隐士，您自己知道，安定、清静，屋子里要是有个苍蝇在飞都听得见。可这里却尽是吵嚷、叫喊、嘈杂！不过，您还不知道这里的布局是怎样的。您可以大致想象一下：一条长过道，黑魆魆的，又很肮脏。过道的右边是一堵没有门窗的墙，左边是门挨着门，完全像旅馆里的客房，连成一排。这些就是出租的房间，每个门里面是一个小房间，一个房间里住两个或三个人。至于秩序嘛，您就别问啦——简直是挪亚的方舟①！不过，住的似乎都是好人，都是那么有教养，有学问。有一个文官（他在某个文学部门里工作），是个博览群书的人：他谈到荷马，谈到布拉姆别乌斯②，还谈到形形色色的作家，什么都谈，真是个聪明人！这儿还住着两个军官，他们总在打牌。还住着一个海军准尉，一个英国教师。别忙，我要让您乐一乐，小宝贝，下次写信我要用讽刺的语调描写他们，也就是详详细细地描写他们本来的面目。我们的女房东是个非常矮小的、邋遢的小老太婆，整天趿拉着拖鞋，穿着睡衣，整天大声训斥捷列扎。我

---

① 典出《圣经·旧约·创世记》第6至7章。洪水时挪亚为了救他的一家和许多动物而造的大木船。这里比喻寓所的秩序杂乱。
② 布拉姆别乌斯（1800—1858），俄国作家奥·伊·先科夫斯基的笔名，十九世纪三十年代至四十年代他在《读者文库》担任编辑。——俄编注

住在厨房里，或者说得更准确些是这样：厨房旁边有一间屋子（需要告诉您，我们的厨房又干净，又亮堂，非常好），一间不大的小屋，一个普普通通的小角落……还不如说，厨房很大，有三扇窗，顺着厨房的墙我有一道隔板，这样就又隔出一间屋子，一间额外的屋子，一切都宽敞舒适，还有一扇窗，样样俱全，总之，一切都很方便。您看，这就是我的小窝。是啊，小宝贝，您别以为这里面还有什么难言之隐，您会说，哦，原来是个厨房！——是啊，我的确是住在这间厨房里的隔断后面，不过这并没有什么；我单独生活，跟谁都不沾边，对对付付地生活，悄悄地生活。我给自己放了一张床，一张桌子，一个五斗橱，两把椅子，还挂了圣像。的确，有更好的寓所，也许有的要好得多，不过主要的是方便，要知道这一切我都是图个方便，您别以为我是为了什么别的原因。您的小窗户就在对面，隔一个院子，而且院子又窄，您走过的时候我就能看见您——这一切使我这个苦命人觉得快活些，而且花的钱也少些。我们这儿最末等的房间，包括伙食在内，要收三十五个纸卢布[①]，我可出不起！而我住的地方只收七

---

① 在当时，一个纸卢布等于二十七个银戈比，一个银卢布等于三个半纸卢布。——俄编注

个纸卢布，伙食五个银卢布：一共二十四个半纸卢布，而以前都要付整整三十卢布，因此我就要节衣缩食，以前我不能总喝茶，而现在我可以省下钱来又喝茶又放糖了。您知道吗，我的亲人，不喝茶似乎有些不好意思；这儿的人个个都很宽裕，所以我会觉得不好意思。您喝茶是为了别人，瓦连卡，为了面子，为了派头；其实对我都一个样，我不在乎这些。您想，零用钱总要有一些——比方，买双靴子啦，添件衣服啦——还能剩下许多吗？我的薪水就都花光了。我并不是抱怨，我很知足。薪水是够花的。几年来一直够花，有时还有奖金。好啦，再见吧，我的小天使。我买了两盆凤仙花和天竺葵，不贵。您或许也喜欢木樨草吧？木樨草也有，您写信告诉我好了；您知道吗，一切都要写得尽量详细。可是，您别瞎想，小宝贝，也别怀疑我为什么租下这么一间屋子。不，这完全是图方便，只是为了方便我才这么做的。要知道，小宝贝，我在存钱，我把钱积蓄起来；我已经有些钱了。您别看我这个人那么纤弱，好像苍蝇一扇翅膀就能把我拍倒似的。不，小宝贝，我这个人很精明。我的性格完全像一个极其坚强、坦然自若的人的性格。再见吧，我的小天使！我没完没了地差不多给您写了两张纸，可是我早就该去上班了。我吻您的小手指，小宝贝。

永远是您的最诚挚的仆人和最忠实的朋友

马卡尔·杰武什金

又及：我请求您一件事：尽量详尽地给我写回信，我的小天使。随信给您送上一磅糖果，瓦连卡，您就随便吃点吧，看在上帝的分上不要为我担心，也不要对我有意见。好吧，那就再见吧，小宝贝。

四月八日

仁慈的马卡尔·阿历克谢耶维奇先生！

您知道吗，看来我非得跟您大吵一架不可了。我向您发誓，善良的马卡尔·阿历克谢耶维奇，接受您的礼物甚至使我难受。我知道这些礼物要花您多少钱，您自己要节衣缩食，备受艰苦。我对您说过多少次，我什么也不需要，绝对不需要，就连以前您给我的许许多多的恩惠我都无法报答。那为什么还要送我这些盆花呢？好吧，凤仙花倒还没有什么，何必要买天竺葵？我只是不留意随便说了一句,比方说,谈到天竺葵,您马上就去买来了,这一定很贵吧?这花是多么美呀!大红的小十字花瓣。这么漂亮的天竺葵您是在哪里买到的?我把它放在窗台当中最显眼的地方,我在地上放了一条长凳,长凳上还放了些别的花;但愿有一天我自己能有好多钱就好了!费奥多拉高兴得不得了:现在我们屋子里简直像天堂,又干净,又明亮!那么,送糖果又是为什么呢?真的,从您的信里我马上猜到您的心情有些不正常,又是天堂,又是春天,又是飘着香味,又是小鸟啾鸣。"这是什么,"我心里想,"这不就是诗吗?"真的,马卡尔·阿历克谢耶维奇,您信里就差没有作诗了!又是温柔的感受,又是玫瑰色的幻想——里面样样都有! 关于窗帘,我根本没有去想过,大概是在我搬花盆的时候它自己挂上去的;您看就是这样!

唉,马卡尔·阿历克谢耶维奇!不管您怎么说,不管您怎么计算您的进项来骗我,来证明您的收入完完全全都花在您一个人身上,但是您瞒不了我,丝毫也瞒不了。显然,您为我省吃俭用。比方说,您怎么会忽然想出来租这样的寓所?是啊,他们吵得您不得安宁;您住得又挤又不舒服。您喜欢安静,可是您那儿四周什么样的声音没有啊!照您的薪水来说,您是蛮可以住得好得多的。费奥多拉说,您以前住的地方好得跟现在住的没法比。难道您就愿意这样在陌生人当中租一个小角落，在孤独和贫困中，没有欢乐，听不到亲切友好的话，度过终生吗？唉，好朋友，我是多么怜惜您哪！您至少要爱护自己的身体，马卡尔·阿历克谢耶维奇！您说您的视力不好，那就别在烛光下写字了；何必还要抄写呢？您不这么做，您的长官一定也知道您是工作勤恳的。

我再一次恳求您，别为我花那么多的钱。我知道您爱我，可是您自己也并不宽裕……今天早上我起来也很开心。我觉得心情舒畅，费奥多拉早已在干活，她还给我也找到了活干。我非常高兴；我只出去买了丝线，回来就干起活来。整个早上我心里是那么轻松，我是那么开心！可是现在又尽是阴郁的念头和忧伤，心里苦闷极了。

唉，我的前途如何，我的命运将是怎样的！痛苦的是我处在这样一种一切都情况不明的处境，我没有前途，我根本无法预测我将来会怎么样。回首往日也是可怕的。那全是些令人伤心的事，一回忆起来我的心就碎成两半。我永远要怨恨那些毁了我的恶人！

天渐渐黑了。该干活了。我本来有好多事要写信告诉您，可是没有工夫，我该干活了。需要快些写。当然，写信是一件好事，心里就不那么憋闷。可是您自己为什么从来不到我们这儿来呢？这是为什么，马卡尔·阿历克谢耶维奇？要知道，现在您住得那么近，况且有时您总能抽出点儿空来。请来吧！我见到你们的捷列扎了。她好像是那么病病歪歪的；我可怜她，给了她二十戈比。是啊，我差点儿忘记，您写信一定要尽量详细地把您的生活情况通通告诉我。您周围都是些什么人，您跟他们和睦相处吗？我非常想要知道这一切。记住，一定要写！今天我要特地把窗帘的一角卷起来。您要早些睡；昨晚直到半夜我都看见您屋里有灯光。好啦，再见吧。今天我又是苦闷，又是寂寞，又是烦恼。看来这一天就是这样！再见。

您的瓦尔瓦拉·多布罗谢洛娃

四月八日

仁慈的瓦尔瓦拉·阿历克谢耶芙娜小姐！

是啊，小宝贝，是啊，我的亲人，没想到我不幸的命运竟会碰上这一天！是啊，您拿我这个老头子开玩笑，瓦尔瓦拉·阿历克谢耶芙娜！不过，这怪我自己，完全怪我。不该到了老年只剩下一绺头发还来谈什么爱情和叫人费解的话……我还要说，小宝贝，有时候人是奇怪的，非常奇怪。唉，我的圣徒哇！你开始在讲什么，马上就不知扯到哪里去了！那会怎么样呢，会得出什么结论呢？根本什么结论也不会有，只会弄得废话连篇，使我只好求老天保佑了！小宝贝，我没有生气，只是回想起这一切心里很懊恼，因为我给您写的信是那么含糊、愚蠢而又令人懊恼。今天我穿着整齐，得意扬扬地去上班，满心高兴。心里无缘无故地感到像过节似的，真是快活！我尽心地动手抄起文件来——可是结果如何呢？后来我朝四周看了一眼，发现一切还是依旧——还是那么灰暗，还是那些墨水渍，还是那些桌子和公文，我还是原来的我，原来什么样，现在还是什么样——那我怎么会写起诗来的呢？这一切是怎么搞的？这是因为太阳一露脸，天空就变成湛蓝的！是因为这个吗？可是那是什么香味，其实我们院子里窗底下什么事都没有发生！想来这都是我一时迷糊才觉得如此的，要知道一个人有时在自己的思想感情中会迷失方向，会胡言乱语起来。这无非是因为他心里愚蠢的热情太多，而不是由于别的什么。我不是走回家的，而是一步一挨地回去的；我的脑袋无缘无故地痛得要命；真是一波未平一波又起。（大概是我的背部受了风。）春天的来临使我满心喜悦，我像个傻瓜似的穿着单薄的大衣出去。可是您误解了我的感情，我的亲人！您把我的真情的流露完全理解到另一方面去了。鼓舞着我的是父爱，那完全是纯洁的父爱，瓦尔瓦拉·阿历克谢耶芙娜；看到您的令人心酸的孤苦无告的处境，所以我才代替了您亲爹的地位；这话我是从心坎里，从一颗纯洁的心里，像亲属那样说出来的。不管怎样，我虽说只是您的一个远亲，照俗语所说的，是八竿子打不着的亲戚，可总算是个亲戚，而现在就是您最近的亲戚和保护人，因为在您最有权利去寻求庇护和援助的地方，您找到的却是不讲信义和欺侮。至于写诗的事我要对您说，小宝贝，像我这样上了年纪的人再来练习写诗，未免太不自量力了。诗是胡说八道！现在学校里的孩子们还为了写诗而挨鞭子抽呢……就是这么回事，我的亲人。

瓦尔瓦拉·阿历克谢耶芙娜，您给我的信里为什么要说到舒适啦，安静啦，各种各样的事呢？我的小宝贝，我不是个好抱怨的人，也不是个爱挑剔的人，我从来没有住过比现在更好的地方，为什么老都老了反而会挑剔起来？我吃饱穿暖，也有鞋穿；我们怎么还能有什么奢望呢？我不是伯爵世家！我父亲不是贵族出身。按收入，他和他全家过的日子比我还穷。我为人并不娇气！不过，如果说老实话，那我原来住的地方一切都比这儿好得没法比：比较自由自在，小宝贝。当然。现在我住的地方也不错，在某些方面甚至比较快活，还可以说，多些变化。我对这些毫无意见，不过我还是舍不得原来的地方。我们这些老年人，就是上了岁数的人，习惯了旧的东西，就像习惯亲近的东西一样。您知道，原来的住处是那么小；墙嘛……那有什么可说的！墙就跟所有的墙一样，问题不在于墙，而是回忆我的一切往事总是勾起我的愁肠……真是怪事，过去是痛苦的，然而回忆往事似乎又是愉快的。甚至那坏的事，有时使我不愉快的事，在回忆中不知怎么坏的方面消失了，以诱人的形象呈现在我的想象之中。那时候，我们，我和我的女房东，一位故去的老太太，过着平静的生活，瓦连卡。甚至现在想起我的那位老太太心里还很难受。她是个好人，收我的房租不贵。她总是用一尺长的织针把各种碎布条织成被子，她专干这个。我跟她共用灯火，所以我们就在一张桌子上干活。她有个小孙女叫玛莎——我记得她还是个娃娃——现在该是十三岁左右的小姑娘了。她是个淘气包，高高兴兴的，总是逗我们笑；我们三个就这样生活。在漫长的冬天夜晚，我们常常围着圆桌坐下来喝茶，然后就动手工作。老太太为了给玛莎解闷，也为了不让淘气包淘气，常常就讲起故事来。那些故事多么好听啊！不光是孩子，就连明白事理的聪明人也会听得出神。可不是吗！我自己常常就抽起烟斗听出了神，把工作都忘了。那个孩子，我们的小淘气呢，就思考起来，用小手托着粉红色的小脸蛋，张开漂亮的小嘴巴；故事要是有些可怕，她就蜷缩起来，紧紧地靠在老太太身上。我们真喜欢瞧着她，竟然看不到蜡烛结了烛花，也听不见外面有时暴风雪肆虐，狂风怒号了。我们生活得真好，瓦连卡；我们就这样在一块儿差不多度过了二十个年头。可是我在这儿啰啰唆唆说些什么呀！您也许不喜欢这样的话题，而我回忆起来也并不那么轻松，特别是现在：天渐渐暗下来，捷列扎忙着干什么，我头痛，背也微微有些痛，而且我的思想也那么怪，仿佛它们也在痛似的，今天我心里闷闷不乐，瓦连卡！我的亲人，您说的是什么话呀？我怎么能到您那里去？我的亲人，人们会说什么？这要穿过院子，我们这里的人会注意，会打听——会议论纷纷，说三道四，把原来的意思完全误会了。不，我的小天使，我还是明天做晚祷的时候跟您见面的好：这样比较合适，对我们俩都没有坏处。小宝贝，不要因为我给您写了这样一封信而见怪；我重读了一遍，看出来一切都写得乱七八糟。瓦连卡，我是个没有学问的老人，从年轻时候起就没有把书念好，即使现在再从头学起，脑子里什么也学不进去了。我承认，小宝贝，我不善于描写；无须别人指出来、嘲笑我，我也知道。如果我想写点儿什么别出心裁的东西，就会废话连篇。今天我看见您在窗前，看见您在放窗帘。再见，再见，上帝保佑您！再见，瓦尔瓦拉·阿历克谢耶芙娜。

您的无私的朋友

马卡尔·杰武什金

又及：我的亲人，我现在不打算写讽刺任何人的东西了。小宝贝，瓦尔瓦拉·阿历克谢耶芙娜，我太老了，不该再无缘无故地咧着嘴去挖苦别人了！而且人们也会笑话我的，俄国有句谚语：谁给别人挖坑，他自己……也会掉进去。

四月八日

仁慈的马卡尔·阿历克谢耶维奇先生！

唉，我的朋友和恩人，马卡尔·阿历克谢耶维奇，您那么忧伤，那么任性，难道您不觉得难为情吗？难道您见怪了吗？唉，我常常说话不谨慎，但是没有料到您竟把我的话当作讽刺的玩笑。请您放心，我绝不敢拿您的年龄和您的性格开玩笑。这一切都怪我的轻率，尤其是因为我非常寂寞，由于寂寞什么事不会发生呢。我还以为您自己想在信里说说笑笑呢。当我看到您对我不满，我心里非常难受。不，我的好朋友和恩人，假如您怀疑我对您没有感情，不知感激，那您就错了。您为我做的一切，您保护我不受恶人欺侮，不受他们迫害和仇恨，我心里都是感激不尽的。我要永远为您祷告上帝，如果我的祷告能得到上帝垂听，您就会幸福了。

今天我觉得身体很不好。我一会儿发烧，一会儿发冷。费奥多拉非常为我担心。您不该不好意思到我们这里来，马卡尔·阿历克谢耶维奇。这关别人的什么事。咱们是熟人，这不就完了吗！……再见，马卡尔·阿历克谢耶维奇。现在我没有什么可写的了，而且也不能写了：我不舒服得厉害。再一次请求您不要生我的气，请您相信，我是永远尊敬您、热爱您的。

有幸做您最忠实和最恭顺的仆人

瓦尔瓦拉·多布罗谢洛娃

四月九日

仁慈的瓦尔瓦拉·阿历克谢耶芙娜小姐！

啊，我的小宝贝，您这是怎么啦！要知道，每一次您都把我吓得要死。我每封信里都要您保重身体，衣服要穿暖和，天气不好不要出门，各方面都要多加小心，可是您呢，我的小天使，就是不听我的话。唉,我亲爱的,您简直就像个小娃娃！要知道，您身体虚弱，弱得像一根麦秆，这我是知道的。稍微刮点儿小风，您就病了。所以您要小心，自己尽量照顾自己，避免发生危险，别让您的朋友们痛苦和忧伤。

小宝贝，您表示愿意知道我的生活情况和我周围一切的详细情况。我乐意赶快来满足您的愿望，我的亲人。我先从头讲起，小宝贝，这样可以有条不紊。首先，在我们这所房子里，前门进口的那些楼梯都平平常常，而正门的楼梯却特别清洁、明亮、宽阔，全部是生铁和红木做的。可是后楼梯那就请您别问了：螺旋形的，潮湿、肮脏，楼梯板都裂了缝，墙上都是油腻，手一碰上去就粘住了。每个楼梯口的平台上都放着箱子、椅子和破橱，到处挂着破布，窗玻璃都打破了，还有小钵头里盛着不干不净的脏东西，垃圾啦、蛋壳啦、鱼泡啦；气味难闻……总之是不好。

我已经给您描写过房间的布局，这个布局，没得可说，很方便，这是真的，可是待在里面感到憋气，就是说，并不是有臭味，如果可以这么说，是有一股腐烂的、强烈的甜味。第一次闻到，给人的印象不好，不过这倒没有什么，你只要在我们这儿待上两分钟，味道就没有了，你也不会觉察它是怎么没有的，因为你自己身上似乎也有些难闻的气味，衣服上有气味，手上有气味，样样东西上都有气味——于是，你渐渐就闻惯了。我们这儿养的黄雀总养不活。海军准尉已经买第五只了——鸟儿在我们的空气里活不下去，就是这样。我们的厨房很大，宽敞明亮。每天早上的确有些烟气腾腾，大伙儿煎鱼啦，煎牛肉啦，而且到处泼水，弄得湿漉漉的，而到了晚上这儿却成了天堂。我们厨房里的绳子上永远挂满了旧的内衣，我的房间离得不远，几乎就连着厨房，所以内衣上发出来的气味使我感到有些不舒服；不过这没有关系，过过就会习惯的。

从一清早起，瓦连卡，我们这里就开始乱哄哄的，人们起床，来回走动，发出咚咚的响声——这是该起床的都起来了，有的要去上班或是要办自己的事；大伙儿都开始喝茶。我们这儿的茶炊大部分是女房东的，不多，所以我们大伙都轮流着用，谁要是不按次序拿去沏茶，他马上就要挨训。像我第一次就拿错了，就……不过，去写它干吗！我马上跟所有的人都认识了。跟海军准尉第一个认识。他为人非常坦率，什么都讲给我听：讲他的父亲、他的母亲，讲他的嫁给图拉省的一个陪审员的妹妹，还讲喀琅施塔得①。他答应在各方面照顾我，并且立刻邀请我到他那儿去喝茶。我在我们这儿平时人们打牌的那间屋子里找到了他。在那里他们给我茶喝，一定要我跟他们一起赌钱。他们是不是取笑我我不知道；不过他们自己是通宵达旦地赌，我进去时他们也在打牌。粉笔、纸牌，满屋里烟雾腾腾，刺激眼睛。我没有打牌，他们立刻就说我是在发空论。在这之后就一直没有人理我；不过老实说，这倒使我高兴。现在我不到他们那里去了；他们是在狂赌，纯粹是狂赌！在文学部门工作的那个文官那里，晚上也常有聚会。是啊，他那里很好，简单，质朴，循规蹈矩，一切都很高雅。

好吧，瓦连卡，我顺便再告诉您，我们的女房东是个坏透了的女人，而且是个地道的恶婆娘。捷列扎您是见过的。实际上她像个什么？她瘦得像一只褪了毛的、皮包骨头的小鸡。这所房子

---

① 在俄罗斯圣彼得堡附近，位于芬兰湾科特林岛。彼得一世时为彼得堡的海防要塞，建于1703年。十八世纪二十年代起是波罗的海舰队的主要基地。

里一共只有两个仆人：捷列扎和女房东的男仆法尔多尼①。我不知道，也许他还有别的什么名字，不过人家叫他这个名字他就答应，大伙儿也都这样叫他。他红头发，是个什么芬兰人，独眼，翘鼻子，是个大老粗，成天跟捷列扎吵架，差点儿没打起来。总之，我在这里过得并不太好……夜里想要大伙儿一下子全都入睡，安静下来——这是从来没有过的。他们总是坐在什么地方打牌，有时还干那种说起来都丢人的事。现在我总算习惯了，可是我奇怪，有家室的人在这种乌七八糟的地方怎么住得下去。有一家穷人，全家向我们女房东租了一间屋子，只是跟别的房间不挨在一起，而是在另一边，在单独的角落里。这是些多么老实的人哪！任何人都没有听到一点儿有关他们的事。他们住一间小屋，里面用隔断隔开。他是一个失业的文官，七年前不知为什么被开除。他姓戈尔什科夫，满头灰白头发，个子矮小，穿的衣服上那么多的油腻，那么褴褛，叫人看着都难受，比我穿的要差多了！他是那么可怜，那么瘦弱（我们有时在过道里遇见）；他的膝盖发抖，双手发抖，头也发抖，大概是有病，

---

① 捷列扎和法尔多尼是法国作家莱昂纳尔（1744—1793）著的、十八世纪末至十九世纪初流行的感伤主义小说《捷列扎和法尔多尼，又名两个恋人的书信》（1783）中一对不幸的恋人的名字。——俄编注

至于是什么病，那只有天晓得。他胆小怕羞，怕所有的人，走路老挨着边。我有时也怕羞，可是此人比我更厉害。他家里有妻子和三个孩子。老大是个男孩，跟父亲长得一模一样，也是那么瘦弱。妻子当年一定非常漂亮，现在也还看得出来；可怜的她穿得破烂不堪。我听说他们欠女房东的钱，她对他们也不太客气。我还听说戈尔什科夫本人发生过一些不愉快的事，因此而丢掉了职位……是不是打官司，有没有受审判，还是受过什么侦讯，我已经无法准确地告诉您。他们穷，主啊，我的上帝，是真穷！他们屋里永远是静悄悄的，安安静静的，就像里面没有人住似的。就连孩子们的声音也听不见。孩子们从来没有过蹦蹦跳跳、游耍玩乐的时候，这其实是一种不好的征兆。有一天晚上我碰巧走过他们房门口，这时整座房子似乎有些异乎寻常地安静。我听见一阵啜泣声，接着是低语声，接着又是啜泣声，好像他们在哭，可是声音是那么轻、那么悲伤，我的心都碎了。后来，我整夜都念念不忘这些可怜的人，都没能睡好。

好吧，再见吧，我最亲爱的好朋友，瓦连卡！我尽我所能给您描写了一切。今天一整天我都在想您。为了您，我的亲人，我的心情苦恼极了。因为，我的宝贝，我知道您没有御寒的大衣。彼得堡的春天哪，又是刮风，又是小雨夹雪，真是要我的命，瓦连卡！这么令人心旷神怡的天气①，但愿老天保佑我不受它影响。宝贝儿，我写得这样，您可别见笑，没有文采，一点儿文采都没有，瓦连卡。哪怕有一点儿也好！我是脑子里想到什么就写什么，无非是想写点儿什么让您高兴高兴。是啊，要是我以前学过点儿什么，情况就不同了；可是我学了些什么呀？穷得只能勉强学一点儿。

您永远的、忠实的朋友
马卡尔·杰武什金
四月十二日

仁慈的马卡尔·阿历克谢耶维奇先生！

今天我遇到了我的表妹萨莎！真可怕！可怜的她也快毁了！我也听别人说过，安娜·费奥多罗芙娜一直在打听我。她似乎要永远不停地跟踪我。她说她要饶恕我②，忘掉过去的一切，还说一定要亲自来看望我。她说您压根不是我的亲戚，说她才

---

① 原意是指寂静、美好的天气，这里用作反话。
② 加着重号部分文字在原著中是斜体，以下不再一一作注。

是我更近的亲戚，说您根本没有资格跟我们攀上亲戚关系，说我靠您的周济、靠您养活是可耻的、丢脸的……她说我忘记了她的慷慨款待，说她把我和妈妈或许是从快要饿死的情况下救出来，说她供给我们吃喝，两年半以上的时间在我们身上花费了许多钱，这还不算，而且不要我们还她的债。就连妈妈她都不肯宽恕！要是可怜的妈妈知道他们是怎样对待我就好啦！上帝看见的！……安娜·费奥多罗芙娜说，我因为太笨才不会保住自己的幸福，说是她亲自把我引上幸福的道路，其他的事情一概怨不得她，是我自己不会，或许是不愿意维护自己的名誉。那么，这到底怨谁呢，伟大的上帝！她说贝科夫先生是完全对的，他不肯随便娶一个女人，她……何必去写它！听到这种胡说八道真叫人难受，马卡尔·阿历克谢耶维奇！我不知道我现在是怎么啦。我哆嗦，流泪，痛哭；我写这封信给您花了两个小时。我原来想，她至少会意识到她对不起我的地方，可是现在瞧她这副模样！看在上帝的分上，您别担心，我的朋友，唯一关心我的人！费奥多拉总爱夸大，其实我没有病。我只是昨天到沃尔科沃①去给妈妈做安魂礼拜的时候有些着凉。您为什

---

① 彼得堡城内的墓地。

么不跟我一起去呢？我不是一个劲儿请求您的吗？唉，可怜的，我可怜的妈妈，如果你能从棺材里站起来，如果你能知道，如果你能看到他们是如何待我就好了！……

瓦·多

四月二十五日

我亲爱的瓦连卡！

给您送去一点儿葡萄，我的心肝；据说病体正在恢复的人吃了有好处，而且医生也推荐说吃了可以解渴，那就单为解渴吃吧。前几天您想要点儿玫瑰花，小宝贝，所以我这就给您送去。您的胃口好吗，我的心肝？这是主要的。不过，感谢上帝，一切都过去了，结束了，我们的倒霉的事情也要完全结束。我们真感谢上苍！至于书，我目前无处去找。据说这儿有一本好书，写得文体极为典雅；据说很好，我自己没有读过，可是这儿的人都交口称赞。我要借来给自己看看；他们答应给送来。只是不知您要不要看？您在这方面很挑剔，很难配您的口味，这我是了解您的，我亲爱的。您大概需要的都是诗啦、叹息啦、爱情啦——好吧，我要弄些诗来，样样都弄来；那儿有一个手抄本。

我的日子过得很好。小宝贝，请不要为我担心。至于费奥多拉对您说我怎么怎么不好，那都是瞎说；您得跟她说，她净撒谎，一定得跟她说，这个搬弄是非的女人！……我根本没有卖掉我的新制服，而且为什么，您自己想想看，我为什么要卖呢？这不，听说就要给我发四十个银卢布的奖金了，那我为什么要卖呢？小宝贝，您别担心；她是个疑心病很重的人，这个费奥多拉，她老是疑神疑鬼。我亲爱的，我们的日子要好过了。只要您，小天使，身体一天天好起来，看在上帝的分上，一天天好起来，别让我这个老头子心里难受。是谁对您说我瘦了？造谣，又是造谣！我身体健康，发胖了，胖得连我自己都觉得不好意思了。我吃得饱饱的，心满意足，但愿您早日恢复健康！好了，再见吧，我的小天使；我吻您的每个小手指。

您永远的、忠实的朋友
马卡尔·杰武什金

又及：唉，我的宝贝，您怎么又写起这种话来？……您瞎说些什么呀!我怎么能常上您那儿去,小宝贝,怎么能呢?我倒要问您,除非趁天黑的时候去,可是现在这种时候几乎没有黑夜。①我的宝贝,小天使,其实,在您生病,在您昏迷不醒的时候,我差不多一直没有离开过您。可是现在连我自己都不明白这些事我是怎么办得到的,但是后来我就不再去了;因为有人开始好奇,问长问短了。即使我不再去,这儿已经有些流言蜚语。我信任捷列扎,她是不爱多嘴的。可是您自己想想看,小宝贝,要是我们的事都被他们知道,那会怎么样?那时候他们会怎么想,怎么说呢?因此您要克制自己,小宝贝,等您身体好了再说;然后我们再到外面找个约会②的地方。

五月二十日

最亲爱的马卡尔·阿历克谢耶维奇!

为了报答您对我的种种关切和操心,为了报答您对我的种种爱护,我非常想做一点儿让您中意、让您高兴的事,最后我

---

① 五月底在彼得堡是白夜的时期。——俄编注
② 原文是法文"rendez-vous"的俄语音译。

决定在我百无聊赖的时候翻我的五斗橱,找出了我的笔记本,现在我就把它送给您。这还是我从我一生中幸福的时候开始写的。您常常怀着好奇心询问我以前的生活,问起我的妈妈,问起波克罗夫斯基,问起我寄居在安娜·费奥多罗芙娜家里的情况,最后,还问起我不久前的不幸遭遇。您是那么迫切地希望读到这个笔记本,上帝知道,我为什么会想出在那上面记下我生活中的某些瞬间,我不怀疑我送给您的这件东西会给您带来极大的快乐。重读它不知怎么使我感到有些忧伤。我觉得,从我在这个本子上写完最后一行的那时起,我已经老了一倍。这一切是在不同的时候写成的。再见,马卡尔·阿历克谢耶维奇!现在我感到非常寂寞无聊,常常失眠。要恢复健康是非常寂寞难熬的!

瓦·多

六月一日

一

我爸爸去世的那年我才十四岁。我的童年是我一生中最幸福的时期。它不是在这儿开始，而是在离这儿很远的一个省里，在一个偏僻的地方开始的。爸爸是 Т①省 П②公爵的大庄园上的管家。我们住在公爵的一个村子里，过着安静的、悄悄的、幸福的生活……那时我是个那么爱欢蹦乱跳的小不点儿，成天什么也不干，净在田野上、小树林里、花园里乱跑，谁也不来管我。爸爸不停地忙着工作，妈妈忙于家务，没有人教我识字念书，这倒使我很高兴。常常，一清早我就跑到池塘那里去，或是跑到小树林里，或是跑到割草场上，或是跑到割麦人那里去——太阳晒也好，自己跑到村外我不认得的地方去也好，身上被灌木刮伤、衣服被撕破也好，都没有关系——事后回到家里挨骂，我根本无所谓。

我觉得，如果我能一辈子不离开那个村子，在一个地方住下去，我一定会十分幸福。然而当我还是个孩子的时候就不得不离开家乡。我们迁居到彼得堡时我才十二岁。唉，回想起我们凄凄惨惨地准备上路的情景，我心里是多么难受！当我向跟我是那么亲切的一切告别的时候，我哭得多么伤心。我记得我扑上去搂住爸爸的脖子，含泪恳求他在村里哪怕稍微再多待几天也好。爸爸大声骂我，妈妈直流泪；她说需要这么做，迫于形势非走不可。

---

① Т，俄文字母，发音类似于"德"。
② П，俄文字母，发音类似于"白"。

Ⅱ 老公爵死了。他的继承人把爸爸解雇。爸爸有一点儿钱放在彼得堡的某些私人手里周转。他希望使自己的境况有所好转,认为必须亲自到这儿来。这些都是后来我从妈妈那里知道的。在这儿我们定居在彼得堡城郊,在一个地方一直住到爸爸去世。

要我习惯新的生活是多么困难哪!我们是秋天搬到彼得堡的。我们离开村子的那天,天气是那么晴朗、温暖、明亮;农活都干完了;打谷场上大垛大垛的庄稼堆积如山,聚集了成群的唧唧喳喳的鸟儿;一切都是那么明朗欢快。而在这里,我们一进城就碰上下雨,秋天潮湿的迷雾,天气恶劣,泥泞不堪,一群陌生的新面孔,都是些不好客的、不满的、怒气冲冲的。我们凑合着安顿下来。我记得,我们大伙儿都是乱哄哄的,忙忙碌碌地安顿好新家。爸爸老不在家,妈妈没有一刻安闲的时候——大伙儿完全把我忘了。在我们的新居里过了第一夜,第二天早上起床我心里是多么难受哇!我们的窗户对着一道黄栅栏。街上总是到处泥泞,行人稀少,大伙儿都把衣服裹得严严实实,都那么怕冷。

我们家里成天都非常忧伤寂寞。我们几乎没有亲友。爸爸跟安娜·费奥多罗芙娜不来往(他欠她钱),经常上门的都是来办交涉的。他们来了照例要争吵、叫骂、大喊大叫。每次这些人来访之后爸爸就变得那么爱发牢骚、发脾气,总是一连几个钟头在屋里走来走去，皱着眉头，跟谁一句话也不说。碰到这种时候，妈妈也不敢跟他说话，只好一声不吭。我就坐在一个角落里看书，乖乖地、静悄悄地，一动也不敢动。

我们来到彼得堡三个月之后，我被送进一所寄宿学校。起初待在生人中间我是多么忧伤啊！一切都是那么冷漠阴沉，女教师们那么爱大声叫嚷，姑娘们那么爱嘲笑人，而我却是那么腼腆。多么严格，多么苛求！样样事情都有规定的钟点，公共的伙食，枯燥乏味的教师，开头这一切使我痛苦到极点。我在那儿夜里不能入睡。我常常整夜流泪，那寂寞的、寒冷的长夜。常常，晚上大家都在温习功课或是学习，我却在埋头读法语会话或是念俄语生字，一动都不敢动，心里却总是在思念我们的家，想爸爸，想妈妈，想我的老保姆，想保姆讲的故事……唉，真叫人伤心！就连家里最无足轻重的东西，我回忆起来都是愉快的。我不住地想啊想啊：想我现在要是待在家里有多好哇！我会坐在我们的小屋里，跟我的亲人坐在茶炊旁边，那么温暖，那么亲切，那么熟悉。我想这时我会怎样紧紧地、热烈地搂抱妈妈！我想啊想啊，不禁伤心得悄悄地哭起来，我硬把眼泪往肚里咽，生字也就记不住了。因为我没有把明天的功课背熟，就整夜梦见老师、外语女教师和同学们，整夜做梦背功课，可是到了第二天还是什么都不会。她们罚我跪，一天只给我吃一顿饭。我是那么闷闷不乐，孤单寂寞。起初，我一念功课，同学们就都嘲笑我，逗弄我，跟我打岔，我排队去吃饭或是喝茶的时候，她们就拧我，平白无故地就向女教师告我的状。可是星期六晚上保姆来接我的时候，我总是欣喜欲狂地紧紧搂住我的老保姆。她给我穿好衣服，把我裹得严严实实，一路上她总跟不上我，我呢，老是跟她讲个没完，把什么都讲给她听。回到家里我是那么高高兴兴，欢天喜地，紧紧搂抱我的亲人，好像有十年没有见面似的。接着就谈啊，讲啊，瞎聊啊；向所有的人问好，我又是笑，又是乐，又是跑，又是蹦蹦跳跳。然后跟爸爸谈起正经事儿，谈到学习，谈到我们的老师，谈到法语，谈到洛蒙德的语法①——我们大家都是那么开心，那么惬意。就连现在回忆起这些时刻来我都感到快活。我拼命用功学习来让爸爸高兴。我看得出，他把最后一文钱都花在我身上，上帝知道，他自己是在怎样挣扎。他一天一天地变得越来越忧郁、不满、爱发火。他的脾气完全变坏了：事情不顺手，欠了一大堆的债。妈妈常常连哭都不敢哭，话也不敢说，生怕惹爸

---

① 洛蒙德编的《法语语法全书》，1831年出版。有早期的几种俄文版。——俄编注

爸生气；她变得那么病病歪歪，一天天瘦下去，还咳嗽得厉害。我从寄宿学校回来，看到的总是那些愁眉苦脸。妈妈悄悄地流泪，爸爸发脾气，开始了指责和非难。爸爸开始说我没有给他丝毫快乐和丝毫安慰，说他们罄其所有把钱都花在我身上，可是我直到如今还不会讲法语。总而言之，一切失败、一切不幸、一切的一切，全都怪罪我和妈妈。可是他怎么能折磨可怜的妈妈呢？我常常看着她，我的心都要碎了：她的面颊凹下去，眼睛眍进去，脸上泛着一种肺结核病患者的潮红。我挨的骂最多。开头总是为了一点儿鸡毛蒜皮的小事，可是弄到后来只有上帝才知道扯到哪里去了。我常常都弄不明白问题究竟出在哪里。什么都怪罪到了！……真是一无是处！又是提到法语，又说我是个大笨蛋，又说我们寄宿学校的校长是个懒惰的蠢婆娘；说她不关心我们的道德品质，说爸爸至今没有能给自己找到工作，说洛蒙德的语法书糟透了，扎波尔斯基①的要好得多，说在我身上白扔了好多钱，说我显然是个冷酷无情的姑娘。总而言之，可怜的我尽管拼命努力复习法语会话和生字。可是什么事都怪我，什么事都要由我负责！这根本不是因为爸爸不爱我，其实他是非常疼爱我和妈妈的。只是他的性格就是这样。

---

① 指瓦西里·扎波尔斯基1817年出版的《法语新教科书》。——俄编注

操心、忧虑、失败把可怜的爸爸的身体折磨得快垮了：他变得多疑、容易发火，常常近于绝望，他开始不在意自己的健康，着了凉，突然就病倒了，他没有痛苦多久就死去了，那么突如其来，那么猝然。这个打击让我们一连几天精神恍惚。妈妈整天发呆，我甚至怕她会发疯。爸爸刚死，债主们就成群结队地找上门来，好像从地下钻出来似的。我们把所有的一切都抵了债。我们把彼得堡城郊的那所小屋也卖了，那是爸爸在搬到彼得堡半年之后买的。我不知道其余的事是怎么解决的，可是我们自己落到了没有立足之地、没有安身之所、没有饭吃的地步。妈妈得了极为消耗体力的病，我们不能养活自己，没法生活，面前是死路一条。那时我刚满十四岁。正当这时，安娜·费奥多罗芙娜来看望我们。她总说她是个女地主，跟我们沾点亲。妈妈也说，她跟我们是亲戚，不过是远亲。爸爸生前她从来没有上我们家来过。她来时含着眼泪，说她非常同情我们，慰唁我们的损失和我们的贫困境遇。她还说，这都怪爸爸自己不好：说他过日子不是量力而行，而是好高骛远，过于自负。她表示愿意跟我们更亲近些，建议忘掉彼此之间不愉快的事；当妈妈声称从来没有对她怀有恶感的时候，她竟感动得落下泪来，领妈妈到教堂去追荐亲爱的（她这样称呼爸爸）。在这之后她就郑重其事地跟妈妈和好了。

安娜·费奥多罗芙娜先说了一大套开场白和事先声明,把我们的穷困处境、孤苦无告、没有希望、束手无策的情况大肆描绘一番之后,然后邀请我们,照她的说法,到她家里去安身。妈妈向她表示感谢,可是好半天做不出决定,只是因为实在没有办法,又绝不可能做出别的安排,最后只好对安娜·费奥多罗芙娜说,我们怀着感激的心情接受她的建议。直到现在我还记得我们从彼得堡城郊搬到瓦西里耶夫岛①的那个早晨。那是秋天一个晴朗、干燥、寒冷的早晨。妈妈哭了,我也非常伤心;我的心要碎了,心灵受到一种无法解释的、可怕的苦闷的折磨……这是多么难以忍受的时刻呀。

…………

…………

二

起初,我们,就是我和妈妈,在我们的新居还没有住惯的

---

① 彼得堡的一个区。

时候，我们俩不知怎么觉得，住在安娜·费奥多罗芙娜家里不知怎么又可怕又陌生。安娜·费奥多罗芙娜住在六号大街她自己的房子里。这所房子里总共有五间正房。其中三间是安娜·费奥多罗芙娜和我的表妹萨莎住的，萨莎是个父母双亡的小孤女，从小由她抚养。再一间归我们住。最后，挨着我们还有一间屋子，住着一个穷大学生波克罗夫斯基，是安娜·费奥多罗芙娜的房客。安娜·费奥多罗芙娜的生活养尊处优，比想象的更为优裕；可是她的财产却令人无法猜测，她的事务也是如此。她总是忙得不可开交，总在操心劳神，一天乘车出出进进好几次。可是她在干些什么、惦记什么、为什么操心，这我怎么也猜不出来。她交游甚广，形形色色的人都有。总有客人来找她，天晓得是些什么样的人，他们总是来办什么事，待上片刻就走。只要门铃一响，妈妈总带我回到我们的屋里去。安娜·费奥多罗芙娜为此非常生妈妈的气，一再地强调说我们太傲慢，说我们傲慢得太过分，说我们还有什么可傲慢的，她一唠叨起来就是几个钟头。这些责备我们傲慢的话那时候我并不懂得。事实上我直到现在才晓得或是至少猜得出，当初妈妈为什么下不了决心住到安娜·费奥多罗芙娜家里来。安娜·费奥多罗芙娜是个恶婆娘，她不断地折磨我们。她到底为什么要请我们住到她家里来，直到如今对我来说还是一个谜。起初她对我们还相当和气，可是她渐渐地看透了，我们实在是孤苦无告，无处可去，她真正的品格就暴露无遗了。后来她对我非常亲热，亲热得简直太露骨了，甚至是讨好，而起初我跟妈妈却同样受苦。她时时刻刻数落我们，反反复复地大讲她对我们的恩惠。她把我们介绍给外人时，说是她的穷亲戚，是孤苦无告的孤儿寡母，而她是出于一片善心，出于基督的爱才收留了我们。吃饭的时候我们每夹一口菜她都用眼睛盯着；要是我们不吃，那就又是麻烦：她说我们挑剔，叫我们别嫌弃，将就吃点吧，说比我们自己家里总要好些。她不断地骂爸爸，说他想出人头地，结果反而更糟，说他撇下妻子女儿去讨饭，说要不是有一位行善的、有基督精神和怜悯心的亲戚，那只有上帝知道，或许我们会饿死在街头。她有什么说不出的！听她说这些话，与其说是痛苦，还不如说是反感。妈妈不住地哭，她的身体一天比一天糟，眼见得她憔悴下去，而且我们还要从早到晚干活，我们接一点儿针线活来做，这事让安娜·费奥多罗芙娜很不高兴。她时时刻刻说，她家不开时装店。可是我们要穿衣服，要攒点儿钱以备不时之需，手里一定要有点儿钱。我们要存点儿钱以防万一，希望有一天能搬到别处去。可是妈妈为干活耗尽了最后的体力：她一天一天地虚弱下去。疾病像虫子似的明显地在蛀蚀她的生命,把她拖进坟墓。这一切我都看到、感到,受尽痛苦,这一切都是在我眼前发生的!

日子一天天地过去,每一天都跟前一天一样。我们过着静悄悄的日子,仿佛不是住在城里。安娜·费奥多罗芙娜逐渐充分地意识到她的威力,也就逐渐安静下来。其实,从来就没有人想要冒犯她。我们住的那间屋子跟她那半边中间隔着条过道,和我们并排的屋子里,我已经提到过,住着波克罗夫斯基。他教萨莎法语、德语、历史、地理——像安娜·费奥多罗芙娜说的那样,教各门学科,为此她为他提供膳宿。萨莎虽然调皮捣蛋,却是个很聪明伶俐的小姑娘,那时她十三岁。安娜·费奥多罗芙娜跟妈妈说,如果我也能念书倒不错,因为我在寄宿学校里没有念完。妈妈欣然同意,于是我就跟萨莎一同在波克罗夫斯基那里读了整整一年的书。

波克罗夫斯基是个很穷很穷的年轻人;他的健康状况不允许他总去求学,我们只是由于习惯才叫他大学生。他过着俭朴、安定、安静的生活,那么静悄悄的,在我们屋里从来听不到他的声息。从外表上看,他的样子是那么怪,走路是那么不灵活,跟人寒暄是那么笨拙;说话古里古怪,起初我一看着他就忍不住要笑。萨莎不断地跟他搞恶作剧，特别是在他给我们上课的时候。尤其因为他容易激动，总喜欢生气，为了一丁点儿小事就大发雷霆，训斥我们，对我们不满，常常课没有上完就怒冲冲地回自己的屋里去。他常常整天整天地坐在自己屋里看书。他藏书很多，全是些名贵的珍本。他还在别处教课，收一点儿学费，只要手里一有钱，他马上就去买书。

随着时间的推移，我对他更了解、更接近了。他是个最善良、最可尊敬的人，是我遇见的人里面最好的一个。妈妈十分尊敬他。后来他成了我一个最好的朋友，当然，比不上妈妈。

起初，我这么个大姑娘，总跟着萨莎一块儿淘气，我们常常一连几个小时挖空心思地琢磨怎样惹他生气，让他发火。他生气的样子非常可笑，让我们觉得好玩极了。（我现在连想起来都感到惭愧。）有一次我们差点儿把他气哭了，我清清楚楚地听见他轻声地说："恶毒的孩子们。"我突然感到不好意思；我感到惭愧、痛苦，又觉得他可怜。我记得，我的脸一直红到耳根，眼睛里几乎是含着眼泪请求他不要激动，不要因为我们愚蠢的淘气而生气，可是他把书一合，没有给我们上完课就回到自己屋里去了。整整一天我因为悔恨而痛苦。一想到我们这两个孩子竟用自己残酷的行为气得他几乎流泪，我简直无地自容。足见我们是希望他流泪的，足见我们是要他流泪的，足见是我们把他惹得万分恼火，足见是我们逼得他这个不幸的可怜的人想起他的苦命！懊恼、难受、悔恨使我整夜没有睡。据说，悔过能使人心情轻松，结果恰恰相反。我不知道，在我的痛苦之中怎么会又掺杂着自尊心。我不愿意他把我当小孩子看待。那时我已经十五岁了。

打那天起我开始苦苦思索，千方百计要让波克罗夫斯基立刻改变他对我的看法。可是有时候我胆小怕羞。在当时的情况下，我什么事都下不了决心去做，只是一味地幻想（而且天晓得是什么样的幻想啊！）。我只是不再跟萨莎一块儿淘气；他也不再对我们发脾气；但是我的自尊心觉得这还嫌不够。

现在，关于我所遇到的人里面一个最古怪、最有趣、最可怜的人我要说上几句。现在，恰恰在我的笔记本里的这个地方所以要讲到他，是因为直到这时候为止我几乎从未注意过他。而现在有关波克罗夫斯基的一切突然对我变得有趣起来！

我们这所房子里有时出现一个小老头儿，穿得又脏又破，身材矮小、花白头发，行动笨拙蹒跚，总之，样子怪到极点。第一眼看见他，可能以为他似乎为了什么事情而感到不好意思，好像他在自惭形秽。因此他总是有些畏畏缩缩，有些装模作样、扭扭捏捏，看了他的那些举动和表情，人们几乎可以正确无误地得出结论，此人精神失常。他到我们这里来，总是站在穿堂的玻璃门边，不敢进屋。要是我们有谁经过——我或是萨莎，或是他知道的对他比较和气的仆人——他马上就招手让那人过去，还做出种种手势，直到你向他点头、叫他——这是暗号，表示家里没有外人，他要是愿意，可以进来——这时老头儿才轻轻地把门打开，高兴地微笑着，愉快地搓着手，踮起脚尖一直走进波克罗夫斯基的屋里。这是他的父亲。

后来我才详细知道这个可怜的老头儿的全部身世。他曾在什么地方供过职，毫无能力，在机关里占一个最低下、最不足道的位置。他的第一个妻子（大学生波克罗夫斯基的母亲）死后，他动了再娶的念头，就娶了一个小市民。有了个新老婆，家里简直闹翻了天，谁也休想过安生日子；人人都得听她管。大学生波克罗夫斯基那时还是个孩子，十岁光景。后妈对他恨之入骨。可是小波克罗夫斯基交上了好运。地主贝科夫认识文官波克罗夫斯基，曾是他的恩人，把孩子接过去抚养，还送他进了学校。他之所以关心他，是因为认识他故去的母亲。她还是个姑娘的时候，受过安娜·费奥多罗芙娜的恩惠，由她做主嫁给了文官波克罗夫斯基。贝科夫先生是安娜·费奥多罗芙娜的知己和好友，出于慷慨，他送给新娘五千卢布做陪嫁。这笔钱到哪里去了，不知道。这都是安娜·费奥多罗芙娜对我这么讲的。大学生波克罗夫斯基本人从来不爱讲自己的家庭情况。听说他母亲长得非常好看，因此我觉得奇怪，她的婚姻怎么会那么不幸，嫁给个那么微不足道的人……她死的时候还很年轻，结婚后只过了四年。

小波克罗夫斯基从小学升入一所中学，后来又进了大学。贝科夫先生经常来彼得堡，继续接济他。波克罗夫斯基因为体弱多病不能继续上大学。贝科夫先生就把他介绍给安娜·费奥多罗芙娜，还亲自推荐他，这样，年轻的波克罗夫斯基就住在她家，由她管伙食，条件是教授萨莎她所需要的各门功课。

老波克罗夫斯基由于娶了个泼妇，痛苦得染上了不良的嗜好，几乎总是醉醺醺的。妻子老打他，把他赶到厨房里去睡，弄到后来，他对于挨打受气已经完全习惯，毫无怨言了。他还不太老，可是不良的嗜好几乎使他变糊涂了。只有对儿子的无限的爱才是人类高尚的感情留在他身上唯一的迹象。据说，小波克罗夫斯基长得跟死去的母亲一模一样。是不是对善良的前妻的回忆使这个垮掉的老人心里产生了对他的无限的爱？老人除了讲儿子以外，别的什么话都不会讲，每星期总要来看他两次。他不敢来得太勤,因为小波克罗夫斯基讨厌父亲的来访。在他所有的缺点之中,第一个,也是最重要的缺点无疑是他不敬重父亲。不过老头儿有时也的确是世界上最令人讨厌的人。首先,他非常非常喜欢问这问那;其次,他净说些最最无关紧要、最没有条理的话妨碍儿子工作;最后,他有时竟喝得醉醺醺地跑来。儿子渐渐地劝老头儿戒掉恶习,别再喜欢打听,别再唠叨个没完。最后弄得他样样都听儿子的话,把它奉作神谕,不经儿子的许可连口都不敢开。

可怜的老人对他的彼坚卡①(他这样叫他的儿子)总是赞不绝口,不知怎样喜欢才好。他来看儿子的时候,几乎总是带着一副提心吊胆的样子,大概是由于不知道儿子会怎样接待他,平时他总是久久犹豫不决,不敢进去,如果碰上我在那儿,他就会不厌其烦地向我问上二十分钟:彼坚卡怎么样?他身体好吗?他的心情到底怎么样?他是不是在做什么重要工作?他到底在忙什么?是在写作还是在思考什么问题?我就一个劲儿地鼓励他、安慰他,老人这才下决心进去,轻轻地、轻轻地、小心翼翼地打开房门,先把头探进去,要是看见儿子没有生气、

---

① 大学生波克罗夫斯基的名字彼得的小名。

向他点头，就轻手轻脚地走进屋去，脱下大衣和帽子（他的帽子永远是皱皱巴巴，全是窟窿，帽檐脱落），全挂在钩子上。这一切他都做得悄悄的，听不到一点儿声音；然后小心地在一把椅子上坐下，目不转睛地望着儿子，观察他的一举一动，希望猜出他的彼坚卡的心情。要是老人看出儿子的心情稍微有些不好，他马上就从座位上站起身，解释说："我是顺路过来的，彼坚卡，我只待一分钟。我走了很远的路，路过这里，进来歇一会儿。"说完就默默地、温顺地拿了大衣和帽子，又悄悄地把门打开走出去，脸上还带着勉强的微笑，为了忍住心头沸腾的痛苦，不对儿子流露出来。

可是有时候儿子和颜悦色地接待父亲，老人就高兴得不知如何是好。他的脸色，他的手势，他的一举一动，无一不流露出高兴。要是儿子开口跟他说话，老人总是从椅子上微微欠起身子，轻轻地、诚惶诚恐地，几乎带着崇敬的神情来回答，总是极力说些最文雅的，也就是最可笑的话。可是他天生不善于辞令：他总是发慌、胆怯，不知道把手往哪里放、自己往哪里躲，说完之后，还要把回答过的话嘀咕好久，好像要纠正说过的话。要是碰上回答得很得体，老人就把身上收拾一下，整理整理背心、领带和燕尾服，摆出一副凛然不可侵犯的样子。有时候，他鼓足勇气，放开胆子，居然悄悄地从椅子上站起来，走到书架跟前，随便取下一本小书，甚至当场就读起来，也不管那是一本什么书。他做这一切的时候都装出一副毫不在乎和冷静的样子，似乎他一向可以擅自翻他儿子的书，好像他并不稀罕儿子的亲切似的。可是有一次却被我看到波克罗夫斯基不让他动书，这个可怜的人吓坏了。他手足无措，慌乱之中把书放倒了，后来他想纠正错误，把书倒过来，却又把切口朝外放了，他涨红了脸微笑着，不知道该怎样来纠正自己的过错。波克罗夫斯基的劝告使老人逐渐戒掉不良的嗜好，只要接连三次看见他来的时候神志清醒，下次他再来就在临走的时候给他二十五戈比、五十戈比或是更多些。有时还给他买双靴子、一条领带或是一件背心。老人穿上新添置的东西就骄傲得像只公鸡。有时他也来看我们，他带些做成公鸡形状的蜜糖饼干和苹果给我和萨莎，老跟我们谈彼坚卡。他请求我们要用功学习，要听话，他说彼坚卡是个好儿子、模范儿子，还是个有学问的儿子。遇到这种时候他常常那么可笑地向我们眨眨左眼，那么滑稽地把嘴一撇，弄得我们忍不住要笑，开怀地哈哈大笑起来。妈妈非常喜欢他。可是老人恨安娜·费奥多罗芙娜，尽管在她面前他比水还安静，比草还要低下。

不久我就不再跟波克罗夫斯基上课。他仍旧把我看作是个小孩,是个爱蹦爱跳的小姑娘,跟萨莎一样。这使我非常苦恼,因为我已经在尽力痛改前非了。可是他们都没有注意到这些。这让我越来越生气。除了上课,我几乎从来不跟波克罗夫斯基说话,而且也没法说。我总是脸红、发窘,然后懊恼得跑到一个角落里去流泪。

假如不是一个出奇的情况促使我们接近起来,我不知道这一切将会怎样结束。有一天晚上,妈妈坐在安娜·费奥多罗芙娜那儿,我悄悄地走进了波克罗夫斯基的屋子。我知道他不在家,真的,我也不明白我怎么会忽然动了要到他屋里去的念头。直到那时为止,我从来没有朝他屋里瞧过一眼,尽管我们住在他隔壁已经有一年多了。这一次我的心跳得厉害极了,简直像要从胸腔里跳出来似的。我怀着一种特别好奇的心情环顾四周。波克罗夫斯基的屋里陈设得极为简陋、凌乱。墙上钉着五条摆书的长搁板。桌上和几把椅子上都放着书。到处是书和纸!我突然萌生了一个怪念头,同时还有一种令人不快的懊丧之感压倒了我。我觉得我的友情、我的一片爱心在他心目中都微不足道。他有学问,而我是愚蠢的,什么都不知道,什么书都没有读过,一本都没有读过……这时我羡慕地望了望快被书压断的长隔板。懊丧、烦恼和一种疯狂的心情控制了我。我要,而且立刻下决心要遍读他的书,一本不漏,还要尽快地读完。我不知道这是为什么,也许我想,要是我学会了他所知道的一切,才配得上做他的朋友。我跑到第一块隔板跟前,我没有停下来,就不假思索地随手抓起一本满是灰尘的旧书,我的脸又红又白,由于激动和害怕而发抖,我把这本偷来的书拿回去,决定夜里等妈妈睡着了在小灯下读它。

可是等我回到我们屋里急忙把书翻开时,看到的却是一本很旧的、朽烂的、全被虫蛀了的拉丁文著作,这时我心里是多么懊丧啊!我抓紧时间回去。我刚要把书放回到隔板上,就听到走廊里有响声和不知什么人走近的脚步声。我着急了,心慌了,这本讨厌的书本来是紧紧地放在那排书当中,等我抽出一本,其余的就都自然而然地挤作一块儿,紧紧地靠拢来,现在再没有余地留给它们原先的伙伴了。我没有劲儿把书塞进去。可是我拼命地推那些书。支撑隔板的生锈的钉子竟然断了,好像故意等着这一刹那来断掉似的。隔板的一头很快地掉了下来。那些书带着响声撒了满地。门开了,波克罗夫斯基走了进来。

应当交代一下,他一向最恨别人乱动他的东西。谁要是碰他的书,那就活该倒霉!当那些大的、小的、各种开本、各种大小厚薄的书都从隔板上冲下来,飞到、跳到桌底下,椅子底下,弄得满屋子都是书的时候,可以想象我是多么害怕。我想逃走,可是已经晚了。"完了,"我心里想,"完了!我完蛋了,我毁了!我胡闹,捣乱,像个十岁的孩子;我是个愚蠢的小女孩,我是个大笨蛋!!"波克罗夫斯基大发脾气。"唉,这几时才能算完!"他大嚷起来,"唉,您这么胡来不觉得丢脸吗?……您什么时候才能放老实些?"说着自己就跑过去捡书。我也弯下腰来帮他捡。"不用,不用,"他又嚷起来,"没有请您来的地方,您最好别来。"可是我的温顺的举动使他的气稍微消了一些,他使用不久前身为我的老师的权利,用不久前老师的口吻,已经比较平静地接着说:"唉,您什么时候才能变老成些,什么时候才能懂事?您看看您自己,要知道您已经不是个娃娃,不是个小女孩,您已经十五岁啦!"这时,他大概想证实一下,说我已经不是个小姑娘的说法究竟对不对,就瞅了我一眼,结果却把脸一直涨红到耳朵根。我被弄得摸不着头脑,只是站在他面前,惊讶地睁大眼睛望着他。他欠起身来,窘态毕露地走到我跟前,他慌乱得厉害,说了句什么,好像是为什么而道歉,也许是说他直到现在才看出来我是这么个大姑娘了。我终于明白了。我不记得,当时我是怎么啦;我心慌意乱,张皇失措,脸涨得比波克罗夫斯基还红，双手捂着脸从屋子里跑了出去。

我不知道我该怎么办，羞愧得无地自容。单是他在自己屋里碰到我这件事，就够我难受的！整整三天我不敢看他。我脸红得要哭出来。各种最奇怪、最可笑的想法在我的头脑里萦绕，其中一个最荒谬的想法是：我要去他那儿，向他解释，向他承认一切，坦白地向他讲述一切，让他相信，我的举动并不是像一个愚蠢的小姑娘，而是好心好意。我已经完全下定决心要去了，可是，感谢上帝，我的勇气不够。可以想象，我那样一来将会惹出多少麻烦来呀！直到现在我回想起这一切还感到难为情呢。

过了几天，妈妈突然病得很厉害。她已经两天没有起床，第三天夜里又是发烧又是说胡话。我已经一夜没有睡，服侍妈妈，坐在她的床边，端水给她喝，按时给她服药。第二天夜里我实在累极了。我老想打盹，眼睛模糊，头脑发昏，疲倦得随时都要昏倒，但是母亲的微弱的呻吟声惊醒了我，我猛地一惊，清醒了一瞬，可是后来睡魔又控制了我。我痛苦，我不知道是怎么回事，我记不起来了。但是一个可怕的梦，一个吓人的幻象，在我于睡与不睡之间挣扎的痛苦瞬间来到我混乱的头脑里。我在恐怖中醒来。屋里一片漆黑，小灯快熄了，忽然有一道道亮光照亮了整个屋子，一会儿微微在墙上闪动，一会儿完全消失。不知为什么我害怕起来，突然感到一种恐惧；可怕的梦境刺激了我的想象，忧愁使我的心透不出气来……我从椅子上跳起来，一种令人痛苦的、非常沉重的感觉使我不由得大喊了一声。这时候门打开了，波克罗夫斯基走进我们屋里来。

我只记得，我苏醒过来的时候是靠在他的怀中。他小心地扶我在圈椅上坐下，端给我一杯水，不断地问长问短。我不记得我回答了些什么。"您病了，您自己也病得厉害，"他握住我的一只手说，"您发烧，您毁了您自己，您不爱惜自己的身体，您要安下心来，躺下，睡一会儿。过两个钟头我来叫醒您，您稍微安心一会儿……您躺下，躺下吧！"他接着说，不让我说一句话反驳他。疲劳使我精疲力竭；虚弱使我的眼睛不断地合拢。我靠在圈椅上，本想只睡半小时，结果却一觉睡到早上。直到该给妈妈吃药的时候波克罗夫斯基才来把我叫醒。

第二天白天我稍稍休息了一下，打算再坐在妈妈床边的圈椅上，下决心这一回不再睡着。波克罗夫斯基在十一点钟光景来敲我们的房门。我把门打开。"您一个人坐着怪闷的，"他对我说，"这儿给您一本书，您拿去看吧，就不会觉得那么无聊了。"我接了过来。我不记得这是一本什么书，尽管我整夜没有睡，当时恐怕也没有去翻阅一下。一种奇怪的内心激动使我不能入睡；我不能老坐在一个地方不动；我几次从圈椅上站起来，开始在屋里来回走着。一种内心的满足充溢着我的整个身心。波克罗夫斯基的关注使我喜不自胜。他对我的关怀和操心使我感到骄傲。我整夜寻思和幻想。波克罗夫斯基没有再来，我也知道他不会来，便预测着明晚的事。

第二天晚上，等这座房子里所有的人全都睡下之后，波克罗夫斯基打开他的房门，站在他的房门口和我谈起来。当时我们彼此之间说了些什么话，现在我一点儿都不记得；我只记得我羞怯、慌乱、生自己的气，焦急地盼着谈话结束，尽管我自己满心期待这次谈话，整天想着它，心里想好了我要问的话和回答……从这天晚上起，我们的友谊开始了。在妈妈生病的整个期间，我们每天夜里都一同度过几个小时。我渐渐克服了自己的腼腆，虽然在我们的每次谈话之后，我还是为了什么而埋怨自己。可是,我怀着暗暗的喜悦和骄傲的高兴看出来,为了我,他忘记了他那些令人讨厌的书。有一次说笑话偶然谈起书从搁板上掉下来的事。那是奇怪的一瞬，我不知怎么是过分地坦率和老实了。热情和异样的兴奋吸引着我，我老老实实地向他承认了一切……承认我是想读书，求得知识，说人们把我当作一个小姑娘、当作一个小孩使我很懊恼……我再说一遍,当时我的心情非常奇怪,我的心发软,眼睛里噙着泪水,我一点儿都没有隐瞒,把一切统统说了出来——讲到我对他的友情,讲到我希望爱他,希望一心一意地和他一起生活,给他解忧,安慰他。他似乎有些奇怪地看了看我,有些局促不安,又有些诧异,一句话也没有对我说。我突然感到非常苦恼和忧伤。我觉得他并不了解我,也许他在笑我。我忽然哭起来,像孩子似的号啕大哭,自己忍也忍不住,好像是什么毛病发作了。他抓住我的双手吻着,把我的手紧贴在他的胸口,劝我,安慰我,他感动得厉害。我不记得他对我说了些什么,只记得我又哭又笑,接着又哭,涨红了脸,高兴得一句话也说不出。可是,尽管我很激动,我仍旧看得出波克罗夫斯基的态度还是有些窘迫和不自然。似乎我的迷恋,我的狂热,那么突如其来的、热烈的、火热的友情,令他非常惊讶。也许,起初他只是觉得好奇,后来他的犹豫消失了,他也像我一样,以同样单纯质朴的感情接受我对他的依恋、我的亲切的话语、我的关怀,并且以同样的关怀、同样的友爱和亲切来回答这一切,就像是我的真诚的好友,像我的亲哥哥一样。我心里感到那么温暖,那么美好!……我什么都说了出来,什么也没有隐瞒,这一切他都看出来了,一天比一天依恋我了。

真的，在我们夜间相聚的时候，在那些既痛苦又甜蜜的时刻，在一盏摇曳的孤灯的灯光下，几乎紧挨着我的可怜的、生病的妈妈的病榻，我不记得我们有什么话没有交谈过……凡是脑子里想到的、从心里迸发出来而要一吐为快的话，统统都说了出来，我们几乎是幸福的……啊，这又是忧伤又是喜悦的时刻——一切都混在一起，现在回想起来我还是感到又是忧伤又是喜悦。回忆，不管它是喜悦的也罢，痛苦的也罢，总是令人难受的；至少在我是如此，但是就连这种痛苦也是甜蜜的。所以，每当我心头变得沉重、痛苦、压抑、忧伤的时刻，回忆就使我的心振奋，使它复苏，就像经过炎热的白天，在湿润的夜晚，露水使一朵可怜的、被白天的酷热晒干了的、蔫了的小花得到滋润和复苏一样。

妈妈的身体渐渐恢复，但我每天夜里还是继续坐在她的床边。波克罗夫斯基常给我拿书来。我看书，起初只是为了不打瞌睡，后来就看得比较仔细，再后来就如饥似渴地读起来。在我面前突然展现了许多新的、以前我所不知道的、陌生的事情。新的思想、新的印象像奔腾的洪流猛地涌到我的心里。我接受那些新印象时心里越是激动，越是慌乱和费劲，它们对于我就越是亲近，越是甜蜜地震撼我的灵魂。突然间，它们一下子涌进我的心灵，使我安不下心来。一种奇异的混乱开始搅乱我的整个身心。但是这种精神上的压力既不能，也没有力量使我心力交瘁。我这个人太好幻想，这倒救了我。

等妈妈的病好了，我们晚间的会面和长谈也停止了。我们有时只能交谈三言两语，常常是空泛的、没有意义的话，可是我喜欢使这一切含有意义，赋予它特殊的、意在言外的价值。我的生活很充实，我是幸福的，平静地、安定地幸福。就这样过了几个星期……

有一回老波克罗夫斯基来看望我们。他久久地跟我们东拉西扯，他那天异常地快活，精神饱满，很爱说话；他又是笑，又是按他自己的方式说俏皮话，最后，他道破了他所以这么高兴的谜，他对我们宣称，再过整整一个星期将是彼坚卡的生日，他一定要来给儿子祝寿；说他要穿一件新背心，他妻子答应给他买一双新靴子。总之，老人感到幸福极了，脑子里想到什么统统要没完没了地说出来。

他的生日！这个生日使我日夜不得安宁。我决定要送波克罗夫斯基一样东西让他记住我的友情。可是送什么呢？最后我想出来要送他书。我知道，他想要一套最新出版的《普希金全集》①，我就决定买一套《普希金全集》。我自己手里一共有三十卢布，是我做针线活挣来的。我攒这笔钱是预备做一件新衣服的。我当即派我们的厨娘老太婆马特廖娜去打听《普希金全集》的价钱。真糟糕！全部十一本书，加上装帧费，至少要六十卢布。到哪儿去弄钱？我想来想去，不知道该怎么办。我不愿意开口去向妈妈要钱。当然，妈妈肯定会帮我的忙。可是这么一来，整座房子里的人都会知道我们的礼物；而且这份礼物就会变成谢忱，变成波克罗夫斯基为我付出的整整一年的劳动的报酬。我要单独一个人送礼，不让大伙儿知道。至于他为教我功课付出的劳动，我宁愿永远欠他的情，除了我的友谊之外，不付任何报酬。最后我想出了一个解决困难的办法。

我知道，在中心商场的旧书商那里，只要经过讨价还价，有时按半价就可以买到书，常常是没怎么看过的、差不多是崭新的书。我拿定主意要上商场去。事也凑巧：第二天我们和安娜·费奥多罗芙娜都要去买点东西。妈妈不大舒服，安娜·费奥多罗芙娜碰巧又懒得动，于是这个差事只好都交给了我，我就跟马特廖娜一同出发了。

---

① 指普希金逝世后第一次出版的《普希金全集》（圣彼得堡：1838年至1841年，共11卷）。——俄编注

我的运气真好，很快就找到一套《普希金全集》，而且装帧非常漂亮。我开始讲价钱。起初他们要的价比书铺里还贵；后来，虽然费了一番口舌，我还走开好几次，总算让卖书的减了价，他只要十个银卢布了。我是多么高兴把价钱讲妥了啊！……可怜的马特廖娜不明白我是怎么啦，我为什么忽发奇想要买这许多书。可是真要命！我总共只有三十个纸卢布，而卖书的怎么也不肯再便宜了。最后我只好请求他，求了又求，最后总算得到他的同意。他让价了，可是只肯让两个半纸卢布，还对天发誓说，他只是看我的面子才肯让价的，因为我是一位那么漂亮的小姐，换了别人他是绝不让价的。还差两个半纸卢布！我难受得简直要哭。一个完全意想不到的情况使我摆脱了困境。

离我不远，在另外一个书摊上，我看到了老波克罗夫斯基。他周围围着四五个旧书商，他们完全把他闹糊涂了，弄得他无法应付。他们每人都把自己的东西塞给他，他们把什么都塞给他，他也统统想买！可怜的老人站在他们当中，好像备受欺负似的，在他们塞给他的那些书里面不知要哪一本好。我走到他跟前，问他在这儿干什么。老人看见我非常高兴，平时他对我喜欢得要命，也许，不下于喜欢彼坚卡。"我在这儿买书，瓦尔瓦拉·阿历克谢耶芙娜,"他回答我说,"我要给彼坚卡买书。他快过生日了,他喜欢书,所以,您看,我是在给他买书……"老人一向说话很可笑,现在更是窘态毕露。不管他问哪本书的价钱,都要一个银卢布、两个银卢布、三个银卢布;他已经不去问大部头的价钱,只是羡慕地看着那些书,用手指翻着书页,拿在手里掂掂,再放回原处。"不,不,这书太贵,"他低声说,"可是这儿也许能找到一本什么。"说完,他开始去翻那些小薄本、歌曲和丛刊;这些书都非常便宜。"可是您买这些书干吗?"我问他,"这些都不值得一读。""啊,不对,"他回答说,"不对,您只要看看,这儿有多么好的小册子;很好很好的小册子!"他说最后这句话的时候伤心地拖长声调,使我感到他因为好书这么贵而难受得要哭,眼泪马上就要从他的苍白的面颊流到红鼻子上来了。我问他的钱多不多。"您看,都在这里。"这时这个可怜的人把他用一小块脏兮兮的报纸包着的所有的钱都拿了出来,"这儿是半个银卢布、二十个银戈比、二十个铜戈比。"我马上把他拉到我去的卖旧书的那里。"这全套十一本书总共值三十二个半纸卢布;我有三十,您加上两个半,我们就把这套书买下来,一同送给他。"老人高兴得要发狂,把他的钱全倒出来,卖旧书的就把我们共有的这套书全堆到他怀里。我的老人就把书放进所有的口袋里，两只手里拿着，胳肢窝里也夹着，答应我第二天悄悄地把全部书都带到我那儿，就把书拿回家去了。

第二天老人来看望儿子，照例在他那儿坐上个把钟头，然后就到我们这儿来了，带着非常滑稽的神秘的神情坐到我跟前。起初，他因为心里怀有一桩秘密，感到得意而又高兴地搓着手，带着微笑对我说，所有的书都已经神不知鬼不觉地搬到我们这儿来，放在厨房的一个角落里，由马特廖娜保管。后来谈话自然而然地转到期待中的生日上去。然后老人就大谈特谈我们要怎样送礼。这个话题他谈得越深入，话说得越多，我就越看得出，他心里有什么事，他不能说，不敢说，甚至怕说出来。我一直等待着，不吭声。本来我在他那奇怪的姿态，做鬼脸、眨左眼的举动中很容易看出来他的隐隐的高兴、隐隐的得意，现在全都消失了。他变得越来越是不安和苦恼；最后他实在憋不住了。

"您听我说，"他开始胆怯地低声说，"您听我说，瓦尔瓦拉·阿历克谢耶芙娜……您知道吗，瓦尔瓦拉·阿历克谢耶芙娜？……"老人非常局促不安，"您瞧，等他生日那天，您拿十本书亲自送给他，就是以您的名义，由您出面送。我呢，那时就单拿那第十一卷，也以我的名义送给他，由我出面。这样一来，您看，您有礼物送给他，我也有礼物送给他；我们俩有礼物送给他。"说到这里老人发窘了，不作声了。我看了他一眼，他胆怯地期待着我的决定。"您干吗不愿意我们一块儿送呢，查哈尔·彼得罗维奇？""是这样的，瓦尔瓦拉·阿历克谢耶芙娜，是这样的……其实我，那个……"总之，老人发窘，涨红了脸，说不出话来，也说不下去了。

"您看，"最后他解释说，"瓦尔瓦拉·阿历克谢耶芙娜，有时候我要解解闷，也就是说，我要告诉您，我几乎总要借酒解闷，一向都借酒解闷……我有个嗜好，很不好……也就是，您知道，有时候外面是那么冷，有时候还有种种不愉快的事，或是出了什么伤心的事，或是出了什么不顺心的事，我有时难免就要喝上两口，有时就喝过了量。彼得鲁沙①因此非常不高兴。您看，瓦尔瓦拉·阿历克谢耶芙娜，他生气了，骂我，对我讲种种道理开导我。所以现在我要用我的礼物向他证明我改邪归正了，做好人了。表示我为了买书而攒钱，攒了好久，因为我几乎总是没有钱，除非彼得鲁沙有时给我一点。这他是知道的。所以，他就会看出我的钱是怎么花的，会知道我做这一切都是

---

① 也是大学生波克罗夫斯基的名字彼得的小名。

为了他一个人。"

我心里非常可怜老人。我想了不多一会儿。老人惴惴不安地望着我。"您听我说,查哈尔·彼得罗维奇,"我说,"您把整套书统统送给他吧!""怎么叫统统?就是说一整套书吗?""是啊,整套书。""都算我送的?""都算您送的。""都算我一个人送的?就是用我自己的名义?""是啊,用您自己的名义。"我觉得我讲得非常清楚了,可是老人很久不能领会我的意思。

"啊,是啊,"他想了想说,"是啊!这主意非常好,好极了,只是您怎么办呢?瓦尔瓦拉·阿历克谢耶芙娜?""那我就什么也不送。""什么!"老人几乎吓了一跳,叫了起来,"这么说,您什么都不送给彼坚卡了,那您什么也不打算送他啦?"老人吓坏了;这时他似乎准备放弃自己的建议,让我也能送他儿子一点儿礼物。这个老人真是好心肠!我向他保证说,我很想送点儿礼物,只是我不愿意夺去他的快乐。"如果您的儿子满意,"我补充说,"您高兴,那我也会高兴,因为我心里会暗暗地觉得,事实上跟我送的一样。"这一番话使老人完全安心了。他在我们这儿又待了两个小时,可是一刻也坐不住,老是站起身来,瞎忙乱嚷,跟萨莎闹着玩,偷偷地吻我,捏我的手,悄悄地对安娜·费奥多罗芙娜做鬼脸。最后,安娜·费奥多罗芙娜把他赶了出去。总之,老人高兴得忘乎所以,也许他从来还没有这么高兴过呢。

在那隆重的日子,准十一点,他做完祷告直接来了,穿着件织补得很好的燕尾服,果然穿着新背心和新靴子。他双手抱着两捆书。那时我们都坐在安娜·费奥多罗芙娜的客厅里喝咖啡(那天是星期天)。老人好像是从普希金是一位最优秀的诗人讲起,后来,他又是困惑又是慌乱,话题忽然转到一个人必须规规矩矩地做人,一个人要是不规规矩矩地做人,那就会胡作非为,又说不良的嗜好会把人害了,把人毁掉;他甚至还举出几个因酗酒无度而送命的例子,最后说,这段时期以来他完全痛改前非,现在的行为好得可以做模范了。他说他以前就认为儿子的劝告是正确的,全都铭记在心,现在则在实际行动中把酒戒了。他用长期积攒下来的钱买书送给儿子,就可以证明这一点。

我听着可怜的老人的这些话,忍不住又要哭又想笑;需要的时候,他撒谎是撒得多么巧妙啊!书都被搬到波克罗夫斯基的屋里,放在隔板上。波克罗夫斯基立刻就猜出了真相。老人被邀请留下吃午饭。这一天我们全都那么开心。午饭后我们玩方特[①],

---

① 一种游戏,参加者抓阄,并按阄上的要求做一件逗乐的事。

打牌。萨莎欢蹦乱跳，我跟她也差不多。波克罗夫斯基对我态度殷勤，总要找机会跟我单独谈话，可是我总不肯。这是我这整整四年以来最美好的一天。

而现在有的全是悲伤沉痛的回忆；我的艰苦岁月的故事要开始了。也许就是因此我的笔才动得慢起来，好像不愿往下写似的。也许，就是因此，我才那么恋恋不舍地、怀着那样的爱回忆起幸福的日子里我那微不足道的生活中最小的细节。这些幸福的日子是那么短暂，随之而来的是只有上帝知道几时才能了结的痛苦，沉重的痛苦。

我的不幸是从波克罗夫斯基生病和死去开始的。

在我上面描述的最后那件事之后两个月，他病了。在这两个月里，他为了生计而不知疲倦地奔走，因为直到这时他还没有固定的职务。像所有肺结核病患者一样，他到最后一刻也没有放弃他能够活得很久的希望。在一处他谋到了一个教师的职位；但是他厌恶这种职业。他因为身体差不能在公家供职。而且，在公家供职要等很久才能领到第一次薪水。简短地说，波克罗夫斯基四处碰壁；他的脾气变坏了。他的健康一天天坏下来；他并不以为意。秋天来了，他每天只穿一件单薄的大衣外出为工作奔走，求人、谋事——这使他内心很痛苦；他常常弄湿了脚，身上被雨淋湿，最后，他躺倒了，从此再没有起来……在深秋，十月底，他死了。

在他卧病的整个期间，我几乎没有离开过他的屋子，我照顾他，服侍他。我常常彻夜不眠。他难得有清醒的时候，常常说谵语；只有上帝知道他说些什么：他讲到他的职位，讲到他的书，讲到我，讲到他父亲……就在这时我听到许多他的情况，是我以前所不知道，甚至猜想不到的。在他生病的初期，我们这里所有的人都用异样的眼光看我，安娜·费奥多罗芙娜直是摇头。可是我正视着他们的脸，他们就不再非难我对波克罗夫斯基的同情了——至少妈妈是如此。

有时波克罗夫斯基能认出我，不过这是少有的。他几乎一直昏迷不醒。有时他整夜整夜地用含糊不清、不可理解的话跟什么人说上很久很久，他的嘶哑的声音在他那间狭小的屋子里发出低沉的回声，好像是在棺材里似的，这时我就感到害怕起来。特别是在最后一夜，他就像疯了似的；他非常痛苦，非常难过，他的呻吟令我心碎。这所房子里所有的人都有些惊慌。安娜·费奥多罗芙娜一直在祷告，求上帝快些把他接走。请来了医生。医生说，病人明天早上一定会死去。

老波克罗夫斯基整夜待在走廊里，紧靠儿子的房门口；在那儿给他铺了一条蒲席。他不住地走进屋里,看着他都觉得可怕。他伤心欲绝,似乎完全失去了知觉和理智。他害怕得头直摇晃。他浑身哆嗦,不住地自言自语,自己跟自己争论着什么。我觉得他痛苦得要发疯了。

黎明之前,老人由于内心的悲痛疲惫不堪,躺在那条蒲席上像死人似的睡着了。七点多钟儿子要死了,我叫醒了他父亲。波克罗夫斯基神志完全清醒了,跟我们大伙儿一一告别。真奇怪!我哭不出来;可是我的心碎了。

但是最使我受折磨、最使我痛苦的是他的临终时刻。他老是用他那僵硬的舌头久久地请求什么,可是他的话我一点儿也听不清楚。我的心痛苦得要炸开了!整整一个钟头他烦躁不安,老是惦记着什么事,拼命用他的变冷的双手做什么手势,然后又用嘶哑低沉的声音开始哀求;但是他的话只是一些断断续续的声音,我仍旧什么也听不明白。我把我们所有的人都带到他跟前,我端水给他喝,可是他总是忧伤地摇头。最后我懂得他要什么了。他要求拉开窗帘,打开护窗板。他大概是要最后一次看看白昼,看看外面的世界,看看太阳。我把窗帘拉开,可是最初的白昼是阴森森的,凄凉的,就像垂死的人渐渐熄灭的可怜的生命一样。没有太阳。云层像一块雾幕遮住天空,雨下个不停，天空是那么阴沉，那么凄惨。细雨打在窗玻璃上，窗玻璃就被一道道冰冷肮脏的细流冲洗着。天色灰暗阴沉。白天暗淡的光线略微有一点儿照进室内，勉强盖过圣像前长明灯的摇曳的灯光。垂死的人十分伤心地看了我一眼，摇了摇头。一分钟后他就死了。

丧事由安娜·费奥多罗芙娜亲自料理。只买了一口极为普通的棺材，租了一辆运货马车。为了偿付这些开销，安娜·费奥多罗芙娜强占了死者全部的书籍和所有的东西。老人跟她争吵，大吵大嚷，尽量把书从她那里抢回去，把书塞满他所有的口袋，放在帽子里，凡是能装的地方都装，整整几天他都带着这些书，甚至需要去教堂的时候都不放下。这几天他好像失去了记忆力，像个傻子似的，带着一种异样的关心老围着棺材忙忙碌碌：一会儿整理整理死者额上用的绦带，一会儿点上蜡烛又把蜡烛拿开。显然他的思想不能好好地停留在一件事情上。妈妈和安娜·费奥多罗芙娜都没有去教堂参加安魂祈祷。妈妈病了，安娜·费奥多罗芙娜本来完全准备好要去，可是跟老波克罗夫斯基吵了一架，就赌气不去了。去的只有我和老人。祈祷的时候我突然感到一种恐惧——好像是对未来的预感。在教堂里我几乎支持不住。最后棺材盖上了，钉了钉，装上大车运走了。我只送它走到街的尽头。马车夫赶着车小跑走了。老人跟在大车后面跑,放声大哭,他的哭声由于奔跑而颤抖,上气不接下气。可怜他帽子掉了也不停下来去拾。雨打湿了他的头,又刮起了风,细雨打在他脸上,刺痛了他的脸。老人似乎没有感到恶劣的天气,边哭边从大车的这一边跑到另一边。他的破旧的常礼服的前襟像一对翅膀似的随风飘动。所有的口袋里都有书冒出来,他两手紧紧地抓住一本大书。过路的人脱帽画十字。有的人停下来,看着可怜的老人感到惊讶。书不断地从他的口袋里掉到污泥里。有人叫他停下,指给他看丢了东西;他就把书拾起来,又去追赶灵柩。在拐角的地方,一个讨饭的老太婆缠着他要跟他一同去送葬。最后大车拐了弯,我就看不见了。我回家了。我万分悲痛地扑在妈妈怀里。我用胳膊紧紧地、紧紧地搂住她,吻她,号啕大哭,担心地紧贴着她,好像极力要把我最后的朋友搂住,不把她交给死神……但是死神已经站在可怜的妈妈面前了!……

....

　　为了昨天在岛上①的散步,我是多么感激您哪,马卡尔·阿

---

① 彼得堡的小岛很多,好像公园。

历克谢耶维奇！那里是那么清新，那么好，那里是一片翠绿！我有好久没有见到苍翠的树木；我生病的时候老觉得我要死了，一定会死；所以您可以想象，昨天我该有什么样的感觉，该有什么样的感受。您不要因为我昨天是那么闷闷不乐而生我的气；我感觉良好，非常轻松，可是在我最好的时刻，我不知为什么总感到忧愁。至于我哭，那不算什么，我自己都不知道我为什么老要落泪。我多愁善感，我的感受是病态的。晴朗的、淡淡的天空，落日，黄昏的寂静，所有这些景色，我也不知道是怎么回事，可是昨天我接受这种种印象时的心情却是沉重而痛苦的，因此我内心苦闷到极点，不得不一哭为快。可是我干吗要给您写这些呢？心里要弄明白这一切都很困难，要表达出来就更困难了。可是您也许能了解我。又是忧伤，又是欢笑！真的，您是多么善良啊，马卡尔·阿历克谢耶维奇！昨天您那么看着我的眼睛，要从那里面看出我的感受，看到我欢喜您就高兴。这时不管您走过一小丛灌木，一条林荫道，还是一泓流水，您都站了下来，您都这样站在我面前，整整衣服，老看着我的眼睛，好像是在让我参观您自己的领地。这证明您有一颗善良的心，马卡尔·阿历克谢耶维奇。我就是为了这个才爱您的。好了，再见了。今天我又病了，昨天我弄湿了脚，因此着了凉；费奥多拉不知怎么也病了,所以我们俩现在都病了。别忘了我,请常来。

您的瓦·多

六月十一日

我亲爱的瓦尔瓦拉·阿历克谢耶芙娜!

小宝贝,我本来以为您会用真正的诗来描写昨天的一切,哪知道您总共只写了一小张简简单单的信纸。我这样说,是因为您在那张小纸上虽然给我写得很少,却写得非常好,非常亲切。又是大自然,又是乡村的各种景色,还有其他关于感情的一切,总之,这一切您都写得很好。可是我就没有这种才能。哪怕是胡乱写上十张纸,结果却什么也写不出来,什么也描写不出来。我已经尝试过了。我的亲人,您给我的信上说我为人善良、宽厚,不会伤害别人,能领会大自然中表现出来的上帝的仁慈,最后,还给我种种表扬。这一切都是真的,小宝贝,这一切完全是真的:我的确是像您所说的那样,这我自己知道;可是一读到您写的话,我的心就不由得深受感动,接着种种令人不快的思绪都来了。现在您就听我说吧，小宝贝，我要讲一些事情给您听，我的亲人。

我要从我才十七岁就去任职那时说起，我的机关生涯很快就要满三十个年头了。是啊，不用说，我不知穿破了多少套文官制服，我长大成人了，变聪明了，见过世面了；我生活过了，可以说，我在世上有过快活的日子，因此，甚至有一次还要呈请授予我十字勋章呢。您也许不相信，可是真的，我没有对您撒谎。可是有什么办法呢，小宝贝，到处都有恶人在捣鬼！我告诉您，我的亲人，就算我是个无知无识的人，愚蠢的人，也许是这样的，可是我也有一颗跟别人一样的心哪！您可知道，瓦连卡，恶人是怎样对待我的？他的做法叫人都说不出口；您会问，他为什么这样做。就因为我为人老实，因为我脾气温顺，因为我心眼好！我不合他们的脾胃，因此我就该倒霉了。起初是这样开始的，他们说："马卡尔·阿历克谢耶维奇，您这个，您那个。"后来就成了："什么事都不必去问马卡尔·阿历克谢耶维奇。"而现在的结论就成了："当然，这准是马卡尔·阿历克谢耶维奇干的！"您看，小宝贝，事情是怎么发展的：样样都是马卡尔·阿历克谢耶维奇的错，他们专门在我们整个机关里把马卡尔·阿历克谢耶维奇当作笑柄。把我的名字当作笑柄这还不够，几乎还要当作骂人的用语，——他们嫌我的靴子不好，制服不好，头发不好，身材不好；样样都不中他们的意，一切都得改！这一切不知从何时起每天都要重复好几遍。我习惯了，因为我对一切都能习惯，因为我脾气好，因为我是个小人物；可是，这一切都是为了什么呢？我伤害过谁吗？我抢过谁的官衔吗？我在上级面前给谁抹过黑吗？我强求过奖金吗？我污蔑过谁吗？这种事您连想一想都是罪过，小宝贝！这些事我哪能做呢？您只要看看我，我的亲人，我哪有那么大的能耐去搞阴谋、野心勃勃呢？那么，求上帝饶恕，我怎么会碰到这种倒霉事呢？您不是认为我是个可尊敬的人吗？而您比他们所有的人都好得没法比，小宝贝。公民最大的美德是什么呢？前两天叶夫斯塔菲·伊万诺维奇在一次私人谈话中表示说，公民最重要的美德就是会捞钱。他们开玩笑（我知道是开玩笑）教训人说，道德就是不应该成为任何人的包袱；而我并没有成为任何人的包袱哇！我的这块面包是我自己的；虽然是一块普普通通的面包，有时甚至是又干又硬，然而它是靠劳动得来的，我吃它是合法的，是问心无愧的。可是，有什么办法呢？我自己也知道，我做的事情不多，无非是抄抄写写；可我还是因此而自豪：我是在工作，我在流汗。事实上，抄抄写写又有什么不好！怎么，难道不应该抄写吗？他们说："瞧，他在抄写！"他们说："这个耗子似的小官吏在抄写！"可是这又有什么不光彩呢？我的字写得那么清楚，那么好，看着就那么叫人高兴，大人也满意，我给他老人家抄写最重要的文件。是啊，我的文笔不好，这我自己知道，我没有这该死的文采，所以，我才总是提升不上去，就连现在给您写信，我的亲人，也是写得简简单单，平铺直叙，心里想到什么就写什么……这些我都知道；但是，如果人人都去写作，那么，抄写的事有谁来做呢？现在我提出这样一个问题，请您来答复，小宝贝。是啊，由此我现在意识到我是有用的，我是必需的，不必让别人的胡说八道来把自己搞糊涂。好吧，如果他们觉得我像只耗子，耗子就耗子吧！可是这只耗子是需要的，这只耗子是有益的，要保住这只耗子，这只耗子能获得奖赏——它就是这样一只耗子！不过，这个话题讲得够了，我的亲人；我本来并不想讲这些，可是我心里有些发火。有时候为自己说上几句公道话出出气毕竟是让人高兴的。再见吧，我的亲人，我亲爱的，您是我的善良的安慰者！我要去，我一定要去看您，我的心肝。暂时您可不要烦闷。我要带本书给您。好了，再见吧，瓦连卡。

热诚关怀您的

马卡尔·杰武什金

六月十二日

仁慈的马卡尔·阿历克谢耶维奇先生！

我匆匆地给您写信，我忙着要把手里的活在限期内赶完。您看，是这么回事：您可以买到一样好东西了。费奥多拉说，她的一个熟人要卖一套制服，是崭新的，还有内衣、背心和制帽，据说都非常便宜；您就该买下来。因为现在您并不穷，您手里有钱；是您亲口说的，您有钱。得啦，请您别舍不得花钱了；要知道这些都是必需的。您看看您自己，您穿的衣服都旧成什么样了。真丢人！满是补丁。您没有新衣服，这我知道，尽管您一再说您有。只有上帝知道您把衣服卖到哪里去了。您就听我的话，请您买下来吧。为了我，您就这么做吧，您要是爱我，那就买下来吧。

您送给我几件衬衫；可是，您听我说，马卡尔·阿历克谢耶维奇，这样一来，您要破产了。您在我身上花了这么多钱，多得吓人，这难道是闹着玩的吗！唉，您真喜欢乱花钱！我不需要：这一切完全是多余的。我知道，我相信您爱我，真的，用礼物来向我提醒这个是多余的；接受您的礼物让我心里不安；我知道，那些礼物要花您多少钱。就到此为止吧，以后再也别送了，您听见吗？我求您，我恳求您。马卡尔·阿历克谢耶维奇，您要我把我的笔记的续篇送给您，您希望我把它写完。就连我以前写的那些，我不知道我是怎么写出来的！可是现在我没有力量讲我的过去；我连想都不愿意去想它；这些回忆使我感到可怕。至于要讲我可怜的妈妈，讲她撇下自己可怜的孩子，让她落到这些恶人的魔掌里，对此我感到极其痛苦。一回忆起这些，我就心如刀割。这一切至今还历历在目，我还没有来得及醒悟过来、平静下来，虽然这一切已经过去一年多了。可是这些您是都知道的。

我已经对您讲过安娜·费奥多罗芙娜现在的想法；她责备我没有良心，对于她伙同贝科夫先生干的坏事一概否认！她叫我上她家里去，她说我是在乞讨，说我走上了邪路。她说要是我回到她那里，她会主动去办妥跟贝科夫先生的一切问题，一定要让他改正他种种对不起我的地方。她说贝科夫先生要给我一份妆奁。去他们的吧！我在这儿跟您，跟我的善良的费奥多拉待在一起挺好，她对我的依恋使我想起我死去的保姆。您虽然是我的远亲，可是您自己出面来保护我。我不认他们，如果可能的话，我要忘掉他们。看他们还想把我怎么样？费奥多拉说，这一切全是流言蜚语，说最后他们会放过我的。愿上帝保佑！

瓦·多

六月二十日

我亲爱的小宝贝！

  我要写信，可是又不知道从何写起。小宝贝，我现在竟然和您生活在一起，这不是很奇怪吗？我之所以这么说，是因为我从来没有这么快活地度过我的日子。是啊，好像上帝赐给我一个小家，赐给我一个家庭似的！您是我的漂亮的小女儿！可是您何必去提我送给您的四件衬衫。要知道，您需要这些衣服，我这是听费奥多拉说的。对我来说，小宝贝，满足您的需要是一种特殊的幸福。这是我的乐趣，您就别管我，小宝贝，别招先生要给我一份妆奁。去他们的吧！我在这儿跟您，跟我的善良的费奥多拉待在一起挺好，她对我的依恋使我想起我死去的保姆。您虽然是我的远亲，可是您自己出面来保护我。我不认他们，如果可能的话，我要忘掉他们。看他们还想把我怎么样？费奥多拉说，这一切全是流言蜚语，说最后他们会放过我的。愿上帝保佑！

瓦·多

六月二十日

我亲爱的小宝贝！

　　我要写信，可是又不知道从何写起。小宝贝，我现在竟然和您生活在一起，这不是很奇怪吗？我之所以这么说，是因为我从来没有这么快活地度过我的日子。是啊，好像上帝赐给我一个小家，赐给我一个家庭似的！您是我的漂亮的小女儿！可是您何必去提我送给您的四件衬衫。要知道，您需要这些衣服，我这是听费奥多拉说的。对我来说，小宝贝，满足您的需要是一种特殊的幸福。这是我的乐趣，您就别管我，小宝贝，别招惹我,别反驳我吧。我从来没有这样幸福过,小宝贝。现在我要过好日子了。第一,我的生活是好上加好,因为您住得离我非常近,成为我的安慰。第二,一个住户,我的邻居拉塔贾耶夫,就是常在家里举行作家晚会的那个文官,今天请我去喝茶。今天有聚会;我们要朗读文学作品。您看,现在我们过得怎么样,小宝贝!好啦,再见吧。我写这些毫无明显的目的,无非是要告诉您我一切顺遂罢了。我的心肝,您让捷列扎告诉我您刺绣要用的彩色丝线;我去买,小宝贝,我就去买,我去把丝线买来。明天我会让您十分满意,我也就能快活了。我也知道到哪里去买。我现在仍旧是

您的忠诚的朋友

马卡尔·杰武什金

六月二十一日

仁慈的瓦尔瓦拉·阿历克谢耶芙娜小姐!

我要告诉您,我的亲人,我们的寓所里出了一件极为悲惨的事。一件真正值得怜悯的事!今天凌晨四点多钟,戈尔什

科夫的一个小孩死了。只是我不知道他得的是什么病，也许是猩红热之类的病，也许是别的什么病，只有上帝知道！我去看望了戈尔什科夫一家。唉，小宝贝，他们是多么穷啊！家里乱七八糟！而且这并不奇怪：全家住在一间屋子里，只是为了体面才用屏风隔开。他们屋里已经放着一口小棺材——一口极其普通然而相当漂亮的小棺材；是买现成的，小男孩大约九岁模样，据说是个很有希望的孩子。看着他们真是可怜，瓦连卡！母亲没有哭，可是那么伤心，那么可怜。现在肩上卸掉一个负担，他们也许会感到轻松些，可是他们还剩下两个孩子，一个吃奶的娃娃和一个六岁多一点儿的小女孩。眼看着孩子——而且是自己亲生的——受苦，自己又一筹莫展，实在不是愉快的事！父亲穿着满是油污的旧燕尾服坐在一张破椅子上。他在流泪，也许不是因为伤心，而是出于习惯，眼睛在化脓。他这个人真怪！你跟他一说话，他就涨红了脸，发慌。不知怎么回答是好。那个小女孩，他们的女儿，倚靠棺材站着，这可怜的孩子是那么闷闷不乐，心事重重！瓦连卡，小宝贝，我可不喜欢看见小孩子想心事，瞧着就让人难受！她身旁的地上躺着一个破布做的娃娃，她也不玩。她把一个小指头放在嘴唇上，自管站着，动也不动。女房东给她一块糖，她接过来，可是没吃。

真叫人伤心,瓦连卡,是吗?

> 马卡尔·杰武什金
> 六月二十二日

最亲爱的马卡尔·阿历克谢耶维奇!

把您的书送还给您。这是一本毫无价值的小书!——碰都碰不得。您是从哪里找出这么件宝贝来的?不是开玩笑,难道您会喜欢这种书,马卡尔·阿历克谢耶维奇?前两天有人答应给我弄本书来。如果您愿意,我们可以一起看。现在再见吧。真的,我没有工夫再多写了。

> 瓦·多
> 六月二十五日

亲爱的瓦连卡!

问题是,我的的确确没有读过这本蹩脚的书,小宝贝。说实话，我读了一点儿，我看出那是胡闹，纯粹是为了逗乐写的，为了让人发笑，所以我想，这的确是给人逗乐的，也许瓦连卡会喜欢看，我就给您送去了。

现在拉塔贾耶夫答应给我读一本真正的文学作品，好了，小宝贝，您这就会有书看啦。这个拉塔贾耶夫很在行，是个能手；他自己就在写作，写得真棒！他的文笔流畅，有文采，真是字字珠玑——最空洞的，就连最普通、最粗俗的话，像我有时跟法尔多尼或是捷列扎说的话，到了他的笔下也有文采。我也常参加他的晚会。我们抽烟，他给我们朗读，朗读五个来钟头，我们就一直听着。这是山珍海味，而不是文学！太妙了，是鲜花，简直是鲜花；从每一页上都可以采到一束鲜花！他是那么彬彬有礼、善良、亲切。是啊，我在他面前算得了什么，算得了什么呢？什么也不是。他是个有名气的人，而我呢？我简直不存在；可是他待我很好。我给他抄写一点儿东西。只是，瓦连卡，您别以为这里面有什么名堂，别以为因为我替他抄写他才对我好。您可别相信那些流言蜚语，小宝贝，别相信那些卑鄙的流言蜚语！不，这是我主动的，自己情愿，为了让他高兴才这么做的，至于他对我好，也是为了让我高兴。待人接物的道理我懂。他是一个善良的、非常善良的人，还是一个出色的作家。

文学是好东西，瓦连卡，非常好的东西；这是前天我从他们那里知道的。文学是深奥的东西！它能使人的心坚强起来，是教导人的，关于这个，在他们的小书里还描写了种种不同的事情。描写得非常好！文学是一幅图画，也就是说，在某种意义上是图画，是镜子，它表达激情，是那么含蓄的批评，是含有教训意义的训诫和文献。这都是我从他们那里听来的。我老实对您说，小宝贝，您要是坐在他们中间，听着（大概也跟他们一样，抽着烟斗），可是等到他们开始争论和辩论各种事情的时候，我只好敬谢不敏了，每逢这种时候，小宝贝，咱们只好敬谢不敏了。这时我简直成了个大傻瓜，为自己害臊，因此我整个晚上都想找话说，哪怕在一般的话题里插上只言片语也好，可是好像成心似的，连半句话也说不出！于是只好埋怨自己，瓦连卡，怪自己没出息，就像俗语说的，人长大了，可是没变聪明。现在我空下来做什么呢？我像个傻瓜似的睡大觉。其实我不应该睡懒觉，而是该做点儿令人愉快的事；可以坐下来写点儿什么。这样对自己有益，对别人也好。小宝贝，您只要看看他们拿多少钱吧，上帝宽恕他们！就拿拉塔贾耶夫来说，他拿多少钱哪！写一个印张在他算得了什么？有时他一天写五个印张，他说写一个印张可以拿三百卢布。写一个什么小笑话或是什么有趣的事,就是五百卢布,给不给随你的便,说什么也得给!要是不给,下次我就要往口袋里装一千卢布了!瓦尔瓦拉·阿历克谢耶芙娜,您觉得怎么样?真是不得了!他手头有一小本诗集,诗都不长,要七千卢布,小宝贝,您想想看,他要七千卢布。要知道这是一笔不动产,是一所很像样的房子。他说他们给他五千,他还不答应呢。我就劝他说:"您就收下吧,老兄,收下他们的这五千吧,管他呢,这到底是五千哪!""不行,"他说,"他们会出七千的,这些骗子。"真的,他这个人可真精明!

好吧,小宝贝,既然这样,我就从《意大利的激情》①里摘录一小段给您看。这是他的一本作品的名字。您就读一读,瓦连卡,自己判断一下吧。

……符拉基米尔颤抖了一下,激情在他体内疯狂地翻滚,血在沸腾……

"伯爵夫人,"他喊道,"伯爵夫人!您知道,这种激情有多么可怕,这种疯狂有多么漫无边际吗?不,我的梦

---

① 这是作者借虚构的拉塔贾耶夫的作品,对马尔林斯基(1897—1937)和尼·波列伏依(1796—1846)等当时俄国作家的浪漫主义文体做讽刺性模仿。

想没有欺骗我!我爱您,热烈地、疯狂地、丧失理智地爱您!你丈夫全身的血液也扑灭不了我灵魂里疯狂地沸腾着的狂热!那些微不足道的障碍阻拦不住那焚毁一切、使我那疲惫不堪的胸膛伤痕累累的可怕的火焰。啊,季娜伊达,季娜伊达!……"

"符拉基米尔!……"伯爵夫人靠在他的肩上,忘情地低声唤道。

"季娜伊达!"充满激情的斯梅利斯基叫道。

从他的胸膛里发出一声叹息。烈火在爱情的祭坛上突然喷出耀眼的火焰,把两个不幸受难者的胸膛烧得伤痕累累。

"符拉基米尔!……"伯爵夫人狂喜地低声唤道。她的胸部挺着,她的面颊涨得通红,眼亮发光……

一个新的、可怕的婚姻完成了……

…………

半小时后,老伯爵走进他妻子的小客厅。

"怎么,小宝贝,你不吩咐人摆上茶炊来招待贵宾吗?"他轻轻地拍拍妻子的腮颊,说道。

好吧，我来问您，小宝贝，看了这个以后，您觉得怎么样？的确，有些过火，这是毫无疑问的，然而还是好的。好的东西就是好！现在，对不起，我还要从中篇小说《叶尔马克和久列伊卡》①里摘一段给您看。

您想象一下，小宝贝，哥萨克叶尔马克，野蛮的、令人望而生畏的西伯利亚的征服者，爱上了西伯利亚皇帝库丘姆的女儿——被他俘虏来的久列伊卡。您可以看得出，这是直接取材于伊凡雷帝②时代的一件事情。这就是叶尔马克和久列伊卡的谈话。

"你爱我，久列伊卡！啊，你再说一遍，再说一遍！……"

"我爱你，叶尔马克。"久列伊卡低声说。

"上有天，下有地，我感谢您！我是幸福的！……您给了我一切，给了我那骚动的灵魂从少年时代就渴望得到的一切。就是因为这个你才领我到这儿来的，我的指路明

---

① 这里虚构的中篇小说《叶尔马克和久列伊卡》，也是戏拟 1830 年至 1840 年广泛流行的伪历史小说的文体，对这种文体别林斯基在他的评论中曾巧妙地予以批评和讥笑。
② 即伊凡四世（1530—1584），1533 年起为"全罗斯大公"，1547 年成为俄国第一个沙皇，号称"雷帝"。

星，就是因为这个你才领我越过石带①到这儿来的！我要让全世界看我的久列伊卡，而人们，这些疯狂的恶魔，都不敢来责备我！啊，如果他们能懂得她那颗温柔的心中的这些隐隐的苦楚，如果他们能在我的久列伊卡的一小滴眼泪里看到整整一首诗，就好了！啊，让我用亲吻来拭去这一小滴眼泪，让我喝掉它，这滴从天降下的泪珠……不是地上的泪珠！"

"叶尔马克，"久列伊卡说，"人世是险恶的，人们是不公正的！他们会迫害我们，给我们定罪，我亲爱的叶尔马克！一个在西伯利亚故乡的冰天雪地之中、在父亲的帐幕里长大的可怜的姑娘，来到你们的冷冰冰的、无情的、自私自利的世界里可怎么办呢？人们不会了解我，我的情人，我的心上人！"

"到那时哥萨克的马刀就会高举在他们头上发出呼呼的响声！"叶尔马克叫道，疯狂地转动着眼睛。

瓦连卡，现在，当叶尔马克知道他的久列伊卡被人杀死，

---

① 乌拉岭的支脉。

他变得怎么样了。瞎眼老人库丘姆趁叶尔马克不在，借着夜色偷偷钻进他的帐幕，杀死了自己的女儿，希望给那褫夺他的权杖和皇冠的叶尔马克一记致命的打击。

"我喜欢在石头上霍霍地磨铁器！"叶尔马克暴怒欲狂地大叫，一面在巫师的石头上磨他的宝刀，"我要他们的血，他们的血！我要砍死他们，砍死他们，砍死他们！！！"

在这一切之后，叶尔马克因他的久列伊卡的死而痛不欲生，投进了额尔齐斯河①，故事也就此结束了。

呶，比方说，这里有一小段，是用逗趣的笔法写来让人发笑的：

您认识伊万·普罗科菲耶维奇·热尔托普兹吗？就是咬普罗科菲·伊万诺维奇的腿的那个人。伊万·普罗科菲耶维奇为人脾气专横，然而又有着罕见的美德；另一方面，

---

① 在哈萨克斯坦。

普罗科菲·伊万诺维奇特别爱吃蜜饯萝卜。这还是在佩拉盖·安东诺芙娜认识他的时候……您知道佩拉盖·安东诺芙娜吗？哎，就是那个总是把裙子反穿的女人。

这不是非常滑稽的吗，瓦连卡，简直滑稽极了！当他给我们念这一段的时候，我们笑得直打滚。他可真逗，求上帝宽恕他！不过，小宝贝，这一段尽管有些别出心裁，玩笑却开得太过分，然而却无可非议，没有一丁点儿自由思想和自由主义观点①。我应该说，小宝贝，拉塔贾耶夫为人品行端正，因此他是个出色的作家，跟其他作家不同。

真的，有时我脑子里会转一个念头……要是我来写点什么会怎么样，那时候会怎么样呢？比方说，假定，突然平白无故地出版了一本书名叫《马卡尔·杰武什金诗集》的小册子！那时您会说什么呢，我的小天使？您对这件事会怎么看，会怎么想？至于我自己嘛，我要对您说，小宝贝，我的小册子一出版，我就绝不敢在涅瓦大街上露面了。人人都会说，瞧，这就是文学家和诗人杰武什金来了，瞧，他们会说，这就是杰武什金本人，

---

① 指当时贵族、资产阶级社会中批评、怀疑或否定正统的宗教思想、政治观点等。

那时我可怎么办！比方说，那时候该怎么处置我的靴子呢？我顺便对您说，小宝贝，我的靴子差不多总是打满补丁，而且老实说，靴掌有时脱落，简直不像话。要是大伙儿都知道作家杰武什金的靴子打满了补丁，那可怎么办！要是被一位伯爵夫人或是公爵夫人知道了，宝贝，她会说什么呢？也许，她不会注意这个，因为照我猜想，伯爵夫人是不会关心靴子，特别是小官的靴子（要知道，靴子跟靴子是不同的），但是人们会把这些都告诉她，我的朋友们就会出我的洋相。像拉塔贾耶夫首先就会把我的丑事说出去。他常到 В[①]伯爵夫人那儿去，他说她每次请客他都去，平时没事儿也去。他说她是个挺漂亮的女人，他说她是个才女。这个拉塔贾耶夫真够机灵的！

不过，这个话题讲得够了；其实我写这些只是为了解解闷，为了让您开心。再见吧，我亲爱的！我在这儿匆匆地给您写了好多，要知道这是因为我今天心情非常愉快。今天我们大伙儿一起在拉塔贾耶夫家里吃的午饭，居然喝起了罗马涅酒[②]（小宝贝，他们真胡来）……可是我何必给您写这些呢！您只要随便看看，别以为我这是怎么啦，瓦连卡。我都是随便写写

---

① В，俄文字母，发音类似于英文字母"V"。
② 一种甜葡萄酒。

的。我要送给您一本小书,我一定送去……这儿大家正在传阅保尔·德·科克①的一部作品,不过,小宝贝,保尔·德·科克的作品您不能看……不行,不行!保尔·德·科克不适合您看。人们谈到他,小宝贝,说他激起了全体彼得堡批评家的义愤。我送给您一磅糖果,特地为您买的。您吃吧,心肝,您吃每一块糖时都想到我吧。不过,水果糖您可别嚼,只是含在嘴里,不然牙齿会痛得厉害。您也许也爱吃果脯吧?您就写信告诉我。好吧,那就再见吧,再见。基督保佑您,我亲爱的。我永远是

您最忠实的朋友
马卡尔·杰武什金
六月二十六日

仁慈的马卡尔·阿历克谢耶维奇先生!

费奥多拉说,如果我愿意,就会有人对我的处境表示同情,替我谋到一个很好的位置,去一个人家里当家庭女教师。您看

---

① 保尔·德·科克(1794—1871),法国小说家,其作品主要描写日常生活,十九世纪四十年代俄国保守批评家们指责他的作品是"肮脏"的。

怎么样，我的朋友，我去还是不去？当然，这样一来我就不会成为您的负担，而且这个位置似乎还合适，但是另一方面，到一个陌生人家里去心里总有些害怕。他们是地主。他们会打听我的事，出于好奇问这问那，那可叫我怎么说呢？况且我生性那么孤僻，怕见生人，我喜欢住在我长期住惯的角落里。住惯了的地方似乎总好一些：尽管我有一半时间是在痛苦中度过，可还是这儿好些。而且还要离开这里，只有上帝知道这是个什么职务，也许，只是叫我照管照管孩子。再说，他们又是那样的人：两年间已经换了第三个家庭女教师。马卡尔·阿历克谢耶维奇，看在上帝的分上，给我出出主意吧，去还是不去？您自己怎么总不来看我，您很少露面。我们几乎只有在星期天做祷告的时候才见得着。您这个人是多么孤僻啊！完全跟我一样！要知道我差不多就是您的亲人。马卡尔·阿历克谢耶维奇，您不爱我，有时候我一个人非常忧伤。有时候，特别是在黄昏，我一个人孤孤单单地坐着。费奥多拉出去了。我坐在那里左思右想，回想一切往事，有欢乐的，也有悲伤的——一切都在眼前掠过，一切都像透过迷雾一闪而过。浮现了熟悉的面孔（我几乎开始真的看见了），妈妈是我最常看见的……我做的梦形形色色的都有！我觉得我的身体垮了；我是那么虚弱；就像今天，早上一起床就觉得不好，而且我还咳嗽得那么厉害！我觉得，我知道，我快死了。有谁来埋葬我？有谁来给我送殡？有谁来可怜我？……也许，我会落得死在一个陌生的地方，死在陌生人家里，死在一个陌生的角落里！……我的上帝，活在世上是多么难受啊，马卡尔·阿历克谢耶维奇！我的朋友，您怎么老买糖果给我吃？说实在的，我不知道您从哪儿来的这么多的钱。唉，我的朋友，要节约，看在上帝的分上，要节约。费奥多拉把我绣的那条毯子卖了，卖了五十个纸卢布。这个价钱很好，我还以为卖不到这么多钱呢。我要给费奥多拉三个银卢布，给自己添一件衣服，普普通通的，比较暖和的。给您做一件背心，我要亲手做，选上好的料子。

费奥多拉给我弄到一本书——《别尔金小说集》，您要是想看，我给您送去。只是请别把书弄脏，别耽误太久，书是别人的，是普希金的作品。两年前我和妈妈一起读过这些故事，现在重读我心里真是难受极了。如果您有什么书，也请送给我看看，只要您不是从拉塔贾耶夫那儿拿来的。他要是出版了什么书，一定会把自己的作品送给您。您怎么会喜欢他的作品呢，马卡尔·阿历克谢耶维奇？是那么不值一读的东西……好啦，再见吧！我瞎聊得太久了！我心里忧愁的时候就爱瞎聊，东拉西扯。这好像是药，使我心里马上就觉得轻快一些，特别是把憋在心里的话统统都说出来。再见，再见吧，我的朋友！

您的瓦·多

六月二十七日

小宝贝，瓦尔瓦拉·阿历克谢耶芙娜！

别再发愁了！您怎么不觉得难为情！得啦，我的小天使！您怎么会有这种念头？您没有病，我的心肝，根本没有病；您像盛开的鲜花一样，真的像盛开的鲜花一样，脸色有一点儿苍白，不过还是像盛开的鲜花。您这是做了什么样的梦，看见了什么样的幻影啦！您该觉得难为情，我亲爱的，得了吧，您别去理睬那些梦，干脆别去理睬它。为什么我就睡得好？为什么我什么事也没有？您就瞧瞧我吧，小宝贝。我自管自过日子，睡得踏实，身体非常健康，像个棒小伙子，瞧着都高兴。得啦，得啦，宝贝儿，您该觉得难为情。您的脾气得改。您的小脑袋瓜我是知道的，稍微有点儿什么，您就会胡思乱想、为什么事发愁了。为了我的缘故别再这样了，宝贝儿。出去谋生？——绝对不行！

不行，不行，不行！您怎么会想到这种事，脑子里怎么会转起这种念头？而且还要离开这里！不行，小宝贝，我不许您去，我要用全力来反对这种打算。我要卖掉我的旧礼服，哪怕单穿一件衬衫出去，也不能让您短缺什么。不行，瓦连卡，不行，我是了解您的！这是异想天开，纯粹是异想天开！这一定全怪费奥多拉一个人，看来，她是个愚蠢的娘儿们，这都是她给您出的馊主意。小宝贝，您可别相信她。您大概还不知道全部真相吧，宝贝儿？她是个愚蠢的娘儿们，爱跟人争吵，爱唠叨，她的丈夫就是被她气死的。或许是她惹您生气了吧？不行，不行，小宝贝，说什么也不行！您要是走了，我会怎么样，可叫我怎么办呢？不行，瓦连卡，宝贝儿，您把这个念头从您的小脑袋里赶出去吧。您在我们这儿还缺什么呢？我们对您喜欢个没够，您也爱我们，所以您就乖乖地在这儿过下去吧，做做针线活或是看看书，或者不做活也一样，只要跟我们一块儿生活。要不然您自己想想看，您要是走了这会像什么样？……现在我就要给您弄到书了，然后，我们又可以到什么地方去散散步。只是您别再要走，小宝贝，别再要走，您要放聪明些，不要为一点儿小事胡闹！我要去看您，最近就去，不过您要接受我的直爽坦率的意见：您这样不好，宝贝儿，非常不好！我，当然，是个没有学问的人，我自己知道我没有学问，我穷得只能勉强受了点教育。不过我的用意并不在此，问题不在我身上，随便您爱听不听，可是我要替拉塔贾耶夫辩护。他是我的朋友，所以我要为他辩护。他写得好，非常非常好，我还是要说，他写得非常好。我不同意您的意见，说什么也不能同意。他写得很有文采，不连贯，人物众多，各种思想都有；非常之好！也许，您没有带着感情去读，瓦连卡，或是您读的时候情绪不高，为了什么事在跟费奥多拉怄气，或者是发生了什么不称心的事。不，您要带着感情去读，最好在您感到满意、快活、心情愉快的时候去读，比方说，嘴里含一块糖，这时候您就读吧。我并不来争辩（谁会反对这个呢），比拉塔贾耶夫好的作家有的是，甚至有的比他好得多，可是他们好，拉塔贾耶夫也好；他们写得好，他写得也好。他有特色，他有时写点东西，写得还不错；他常写点东西，这样做很好。好啦，再见吧，小宝贝；我不能再写了，我得赶快去工作。您要注意，小宝贝，我最心爱的心肝，您要安下心来，愿上帝保佑您。我仍旧是

您忠实的朋友

马卡尔·杰武什金

又及：谢谢您的书，我的亲人，我们也要读普希金的作品了；今天傍晚我一定去您那儿。

六月二十八日

我亲爱的马卡尔·阿历克谢耶维奇！

不，我的朋友，不行，我不能在你们这儿生活下去。我经过周密考虑，认为拒绝这么好的一个位置是非常愚蠢的。在那里我至少拿得稳可以有一块面包，我会努力干，我要博得别人的欢心，如果需要的话，我甚至努力改变我的脾气。生活在陌生人当中，讨陌生人的欢心，隐瞒自己的想法和勉强自己做不愿意做的事，这当然是痛苦和艰难的，不过上帝会帮助我。我总不能一辈子老是一个人待着。过去我也常常有过那样的情况。我记得，我还是个小姑娘，还上寄宿学校的时候，到了星期天我在家里就欢蹦乱跳，有时候妈妈骂我，我也无所谓，我心里高兴，心情愉快。天快黑的时候我心里就难受得要命，因为九点钟就得返回寄宿学校去，那里的一切都是陌生、冷酷、严厉的，女教师们每逢星期一都那么爱发脾气，叫人心里难受、想哭，我躲到角落里孤单单地哭上一阵，又不能让人看见——人家会说我懒；其实有时我哭根本不是因为必须念书。可是，有什么办法呢？我渐渐习惯了，后来我离开寄宿学校、跟同学们告别的时候，我还不是哭了吗。再说，我在这儿生活做你们俩的累赘，我这样做不好。这个想法使我痛苦。我坦率地向您说出这一切，是因为我跟您一向坦率惯了。难道我没有看见费奥多拉每天大清早一起来就忙着洗衣服，一直干到深夜吗？可是老骨头是喜欢安闲的。难道我没有看见您为我要破产了，连最后一戈比都花在我身上了吗？这不符合您的经济条件，我的朋友！您写信说，您就是卖掉最后的东西，也不让我短缺什么。这我相信，我的朋友，我相信您的好心——然而这是您现在这么说的。现在您有额外收入，您拿到了奖金，可是以后怎么样，以后呢？您自己知道，我老是病病歪歪，我不能像您那样工作，尽管我满心情愿，再说，活儿也不是总有。那叫我怎么办呢？我只能眼看着你们两个心爱的人痛苦得心碎。我有什么地方能给您哪怕一点儿好处呢？您为什么那么需要我呢，我的朋友？我对您有过什么好处呢？我只是用整个心灵依恋着您，坚定地、强烈地、全心全意地爱您，可是，我的命好苦！——我善于爱，我能够爱，可是仅仅如此而已，却不能有什么好处，不能报答您的恩德。不要再留我了,您想一想,把您最后的意见告诉我。等候回音。

爱您的瓦·多
七月一日

胡思乱想,胡思乱想,瓦连卡,纯粹是胡思乱想!让您一个人待着,您的小脑袋里就什么都会想出来。这也不对劲,那也不对劲!现在我看出来,这完全是胡思乱想。您在我们这里还缺什么呢,小宝贝,您倒说说看。大伙都爱您,您爱我们,我们大家都满意和幸福,还要怎么样呢?是啊,可是您到了陌生人当中怎么办呢?您大概还不知道陌生人是什么样的……不,就请您详详细细地问问我吧,我会告诉您陌生人是什么样的。我可了解他们,小宝贝,了解得很清楚,我吃过他们的面包。他们是凶恶的,瓦连卡,凶恶的,凶恶到您那颗小小的心无法承受,他们会用指责、数落和可恶的目光折磨您的心。您在我们这儿又温暖又舒服,就像躲在一个小窝里一样。您撒下我们,我们就像丢了脑袋一样。没有了您,我们可怎么办;我这个老头子，到那时候可怎么办呢？我们不需要您吗？您没用吗？怎么会没用处？不，小宝贝，您自己想想看，您怎么会没用呢？您对我非常有用，瓦连卡。您对我有那么好的影响……就像现在，我一想起您心里就快活……有时我写信给您，在信中倾诉我的种种感受，并且得到您详细的答复。我给您买件衣服，做顶帽子，有时您托我办点什么事，我就去办……不，您怎么会没用呢？而且等我老了，一个人可怎么办，我还有什么用？您也许压根儿没有想到这一点，瓦连卡；不，您恰恰应该想想这一点，就是说："没有了我，他还有什么用？"我习惯了您，我的亲人。否则的话，那会怎么样呢？我只好去投涅瓦河，事情就此了结。是啊，真的会这样，瓦连卡，没有了您，我还能干什么！唉，我的宝贝，瓦连卡！显然，您是想让运货的马车夫把我送到沃尔科沃墓地上去，只有一个讨厌的要饭的老婆子送我的灵柩，在那边让人给我的墓穴填上土就走了，把我一个人留在那里。罪过啊，罪过，小宝贝！真是罪过，真正是罪过！我把您的书送还给您，我亲爱的朋友，瓦连卡，如果您，我亲爱的朋友，问我对您这本书的意见，我就要说，我一辈子没有读过这么好的好书。现在我扪心自问，我怎么能跟个傻瓜似的一直活到现在，上帝饶恕我。我都做了些什么？我是从什么森林里钻出来的吗？要知道，我什么都不懂，小宝贝，简直什么都不懂！压根儿什么都不懂！瓦连卡，我老实对您说吧，我是个没有文化的人，直到现在我读的书很少，非常少，几乎什么书都没有读过。我读过《一个人的画像》①，这是一篇深奥的作品；我读过《用小铃铛奏出各种小调的男孩》②和《伊壁库斯的鹤》③，总共只读过这些，此外从来没有读过别的。现在我读了您那本书里的《驿站长》；我要对您说，竟然有这样的事，一个人活在世上，竟不知道你身边有这么一本书，里面把你的一生都详详细细地写了出来。而且是自己以前没有想到过的事，现在一读到这样的书，自己就一点一点都想起来、找出来、看出来了。最后，我喜欢您的这本书还有一个原因：有的作品，不管它里面写什么，你读啊读啊，有时煞费脑筋——它写得那么深奥，好像根本就看不懂。拿我来说吧，我头脑迟钝，我天生头脑迟钝，所以我读不懂十分重要的作品；可是我读这本书，就像是我自己写的一样，比方说，好像这就是我自己的心，就

---

① 亚·加利奇的作品，1834年在彼得堡出版。亚·加利奇（1783—1848），普希金在皇村中学时的教师，心理学家，唯心主义哲学家。他在《一个人的画像》中叙述自己的心理学体系。——俄编注
② 法国作家迪克雷－迪米尼（1761—1819）的长篇小说，描述一个在贫困中成长的男孩的不幸遭遇。俄译本于1809年在俄国出版。——俄编注
③ 德国诗人席勒的叙事诗（1797），1813年由瓦·安·茹科夫斯基译成俄文。

照它原来的样子，拿来向人们翻过来，详详细细地描写它——就是这样！而且这是一件简单的事，我的上帝，可不是吗！真的，我就该这么写的；那我为什么没有写呢？要知道，我有同样的感受，跟书里写的完全一样，有时我的境遇也是如此，比方说，跟那个可怜的萨姆松·维林①一样。而且我们中有多少跟萨姆松·维林一样可怜的苦命人哪！这一切写得多么妙哇！书中写道，他这个罪人成了酒鬼，醉得失去记忆力，痛苦万分，整天盖着羊皮袄睡觉，喝潘趣酒浇愁，想起他的迷途的羔羊，他的女儿杜尼娅霞，就伤心流泪，用肮脏的下摆擦眼泪，读到这里我的眼泪几乎也夺眶而出。不，这很自然！您读一读吧，这很自然！这是活生生的！我就亲眼见过，这一切都生活在我身边；就拿捷列扎来说吧，何必去扯远呢！就拿我们的穷文官来说吧——他也许跟萨姆松·维林一样，只是他的姓不同，姓戈尔什科夫。这种事情很普通，您和我都会碰到。就连住在涅瓦大街或是沿岸街的伯爵也会这样，这种事看起来之所以不同，是因为他们样样事情都有自己的一套，格调比较高，然而他也会这样，什么事都可能发生，同样的事我也会碰到。事情就是

---

① 普希金的《别尔金小说集》里《驿站长》中的人物。

这样，小宝贝，可是您还要离开我们走掉；这真是罪过，瓦连卡，这种事竟会让我碰上。我的亲人，您会毁了您自己，也毁了我。唉，我的心肝，看在上帝的分上，把这些胡思乱想统统从您的小脑袋里赶出去，不要无缘无故地折磨我了。您是我的没有长羽毛的、柔弱的小鸟，您哪能养活您自己、不让别人毁掉自己、保护自己不被坏人欺负呢！得啦，瓦连卡，您就改了吧，别听那些胡说八道的劝告和诽谤，再把您的书读一遍，要用心读：这会对您有好处。

我向拉塔贾耶夫说起《驿站长》，他对我说这都是过去的，现在出的书都带有插图和各种注解；说实在的，我琢磨不透他说的话。最后他说，普希金好，为神圣的俄罗斯增光，关于普希金他还对我说了许多。是啊，很好，瓦连卡，非常之好；您再把这本书认真读一遍，听我的劝告，让我这个老人因为您听从我的劝告而深感幸福。那时候上帝会亲自奖赏您，我的亲人，一定会奖赏您。

您真诚的朋友

马卡尔·杰武什金

七月一日

仁慈的马卡尔·阿历克谢耶维奇先生！

  费奥多拉今天给我带来十五个银卢布。我给了她三卢布，可怜的她是多么高兴啊！我赶紧给您写信。我正在给您裁背心——这料子真好看——浅黄色带小花。我给您送去一本书①，里面有各种各样的故事，我读了几篇，您读一读其中叫《外套》的那一篇吧。您约我跟您去戏院；这是不是太破费？要不就买最便宜的楼座票。我已经很久没有上过戏院，而且，真的，都不记得什么时候去过。不过我还是担心，看这一趟戏会不会花钱太多？费奥多拉直摇头。她说，您变得花钱太大手大脚了；这一点我自己也看得出，您在我一个人身上花了多少钱哪！小心，我的朋友，别弄得没法收拾。费奥多拉还告诉我，她听说您好像因为付不出房钱跟您的女房东发生了争吵，我替您担心死了。好吧，再见吧，我忙着呢。事情是一件小事：我要换帽子上的缎带。

瓦·多

---

① 指1843年出版的《果戈理文集》第三卷，《外套》第一次在该书中发表。

又及：您要知道,如果我们去戏院,我就要戴上我的新帽子,肩上披黑色大披肩。这样好吗?

七月六日

仁慈的瓦尔瓦拉·阿历克谢耶芙娜小姐!

……我一直在想昨天的事。是啊,小宝贝,很久前有一个时期我们也曾荒唐过。我发疯似的爱上过那个女演员,可这倒没有什么,最可怪的是我几乎根本没见过她,戏院总共只去过一次,尽管如此,我还是爱上了她。当时我隔壁住着五个会惹是生非的年轻人。我跟他们交上了朋友,不由自主地交上了朋友,尽管我跟他们总保持着相当的距离。是啊,为了不甘落后,我在种种方面都主动去迁就他们。他们对我讲了许许多多有关这个女演员的事。每天晚上,只要戏院一上演,他们全体——他们从来不花一个钱在必需品上——就动身上戏院去,坐在楼座上,一个劲儿地鼓掌,哄这个女演员出场,简直像发疯似的!回来后他们也不让你睡觉,通宵不停地讲她,个个都管她叫自己的格拉莎,人人都爱上了她,每个人的心里都有这一只金丝雀。他们也激起了我这个没有自卫能力的人的激情,那时候我还很年轻呢。我自己也不知道我怎么会跟他们一起进了戏院,坐在楼座的四层。我只能看到舞台帷幕的一角,可是听倒全听得见。这位女演员的嗓子的确好得很——响亮,甜蜜,跟夜莺一样!我们大伙儿鼓掌把手都拍痛了,大声叫嚷,总之,弄得人家几乎要来惩治我们,有一个人真的被赶出去了。我回到家里,好像醉醺醺的!我口袋里只剩下一个银卢布,可是离发薪还有整整十天。小宝贝,您猜怎么样?第二天上班之前,我先拐弯到一个卖化妆品的法国人那儿,馨我所有买了一瓶香水和一块香皂,连我自己都不知道当时我为什么要买这些玩意儿。而且我没有回家吃午饭,老是在她的窗前走来走去。她住在涅瓦大街一幢房子的四层楼上。我回到家里,歇了个把钟头,就又到涅瓦大街去,只是为了走过她的窗前。我就这样走了一个半月,追踪她,我常常雇一辆漂亮的马车,没完没了地在她窗前走过,我完全陷入了困境,负债累累,后来我也不再爱她了,我厌倦了!您看,小宝贝,一个女演员能把一个正派人坑害到什么地步!不过,那时候我还非常年轻,还是个小青年呢!……

马·杰

七月七日

我仁慈的瓦尔瓦拉·阿历克谢耶芙娜小姐！

本月六日我收到您的那本书，我忙着还给您，同时在我的这封信里急于要向您解释一下。这可不好，小宝贝，您把我逼得陷入这样的绝境，这可不好。请允许我说，一个人命运中的任何一个地位都是由至高无上的神安排的。那个人被安排佩戴将军的肩带，这个人被安排做九级文官；这个人要发号施令，那个人要逆来顺受，战战兢兢，唯唯诺诺。这已经是根据人的能力来决定的，有的人能够干这件事，另一个人能做另一件事，而人的能力是由上帝亲自安排的。我任职已经将近三十年，我无可指摘地工作，循规蹈矩，从来没有胡作非为过。作为一个公民，我根据自己的认识，认为我有自己的缺点，但同时也有美德。我受到上级的重视，大人自己对我也很满意，尽管他老人家至今没有对我表示过特别的赏识，但是我知道他老人家是满意的。我活到头发都白了，我不知道自己曾犯过什么大的过错。当然，谁能不犯点小错呢？每个人都有过错，连您也有过错，小宝贝！可是我从来没有犯过大错，也没有什么鲁莽的行为，以至违反什么命令或是破坏公共的安宁，这种事我从来没有干过，这种事没有过，我甚至还得过一个小十字章呢——还提它干什么！这一切您凭良心都应该知道，小宝贝，他也应该知道，要是他着手描述，他就应该知道一切。不，我没有料到您会这样，小宝贝，不，瓦连卡！我根本没有料到您竟会这样。

怎么！从此您就不能安安逸逸地再在自己的小窝里——不管是什么样的小窝——生活了吗？像俗语所说，不惹是生非，敬畏上帝，安分守己，不让别人来触犯你，不让别人钻进你的陋室，不让他偷看你在自己家里怎样生活，比方说，看你有没有一件好的背心，有没有像样的内衣；有没有靴子，而且钉的是什么后跟；你吃什么，喝什么，抄写些什么……小宝贝，即使遇到马路坑坑洼洼的地方，为了爱惜靴子，有时我踮着脚走过去，那又有什么呢！为什么要写别人有时缺这少那，写他不喝茶呢？好像人人都非得喝茶似的！难道我要去看每个人的嘴巴，瞧他在嚼什么？我曾这样侮辱过什么人吗？不，小宝贝，人家不来招惹你，你为什么要去侮辱别人呢！好吧，我来给您举个例子，瓦尔瓦拉·阿历克谢耶芙娜，您看这是什么意思：你干了又干，勤恳卖力，上级本人也重视你（不管怎样，他总是重视你的），可是居然有人就当着你的面，没有一点儿明显的理由，无缘无故地往你脸上抹黑。当然，的确，有时你给自己做了一样新东西，你就高兴得睡不着，比方说，你美滋滋地穿上一双新靴子，你就满心高兴，这是真的，我深有体会，因为看到自己脚上穿着讲究漂亮的靴子是很愉快的——这描写得很真实！不过我还是觉得奇怪，费奥多尔·费奥多罗维奇怎么能毫不在意地把这样一本书放过，不为自己辩护呢。的确，他还是个年轻的高级文官，有时喜欢大声叫嚷；可是他又为什么不能大声叫嚷呢？要是我们这些人需要挨训斥，那他为什么不能训斥呢？就算这样，比方说，为了官派而训斥——为了官派是可以这么做的；必须训导人，必须严加训斥，因为，我们私下说说，瓦连卡，我们这批人不挨训斥就什么也不干，人人只想在什么地方挂个名，于是他说我的编制在某某机关，结果就把工作扔下不管。因为官的等级不同，每个等级的官都需要一种完全适合于这一级官员的训斥，所以很自然，这样一来，训斥的口吻也就等级不同，这是理所当然的事！要知道，世上的事就是如此，小宝贝，我们所有的人都是一个管另一个，我们每个人都是一个训斥另一个。没有这种预防的办法，世界就不成其为世界，秩序也就荡然无存了。我真奇怪，费奥多尔·费奥多罗维奇怎么会把这样的侮辱轻易放过了呢!

而且何必要写这种事？写它干什么？难道读者之中有人看了这个会给我做件外套吗？会给我买双新靴子吗？不会的，瓦连卡，他读了还会要求你再写下去。有时候你躲起来，藏起来，随便找个地方隐藏起来，有时候都不敢露面，因为你非常害怕流言蜚语，因为他们会拿世上的任何事情来诋毁你，结果你的公私生活统统被写到书里去，印出来，让大家传阅，挖苦，纷纷议论！那时你就不能在街上露面了，因为这一切都可以证明，现在单看走路的模样就可以认出我们这种人来。是啊，他要是在结尾的地方哪怕改动一下，写得温和一些，比方说，哪怕在往他头上撒碎纸片那一段[①]后面加上一句，说是尽管如此，他还是个有美德的人，是个好公民，不该受他的同事们那样的对待，他服从上级（这一点就可以作为模范），没有对任何人怀有恶意，信仰上帝，死后（假如作者一定要他死掉）受人哀悼。最好是别让他这个可怜的人死去，而是写成他的外套被找到了，那位将军详详细细地了解他的美德后，请求把他调到自己的部门，给他提级，给他加了优厚的薪金，这样一来，您看，就成了：

---

① 这是果戈理的小说《外套》中的情节。其中说到主人公的房东太太把碎纸片撒在他头上，说是下雪。这下面所说都是有关《外套》。

恶有恶报，美德占了上风，办公室的同事们则一无所获。换了我，我就会这么做，而像他这样写，有什么独特的地方，有什么出色的地方呢？这无非是平凡的、下贱的日常生活中一个无聊的例子而已。您怎么会决定送这样一本书给我看，我的亲人。要知道，这是一本居心不良的书，瓦连卡；这简直是不真实的，因为不可能有这样的文官。读了这本书就得提出控诉，瓦连卡，我要正式提出控诉。

您最恭顺的仆人

马卡尔·杰武什金

七月八日

仁慈的马卡尔·阿历克谢耶维奇先生！

您最近发生的事和来信让我害怕，令我震惊，使我困惑，但是费奥多拉讲的话向我说明了一切。可是您为什么感到那么绝望，突然陷进了您所陷进的那样的深渊呢，马卡尔·阿历克谢耶维奇？您的解释根本不能使我满意。您看，上次我坚持接受人家给我推荐的那个好位置，我的主张还是对的吧？而且，我最近的意外遭遇也把我吓得不轻。您说，您因为爱我才对我隐瞒真相。当初您使我相信，您花在我身上的钱只是您的存款，像您所说的，是存放在抵押银行里以备不时之需的，当时我就已经看出来，我受您的恩惠太多。现在我才知道，您根本没有什么钱，您是偶然知道我的贫苦的处境而受了感动，决定预支自己的薪水花在我身上，我生病的时候您甚至卖掉自己的衣服，现在我发现的这一切使我落入如此痛苦的境地，我至今还不知道应该怎样来承担这一切，对这件事该怎么想。唉，马卡尔·阿历克谢耶维奇，您由于恻隐之心和亲戚之爱而做出的善举，应当做到第一步为止，后来不应把钱瞎花在不需要的东西上。您有负我们的友谊，马卡尔·阿历克谢耶维奇，因为您没有对我以诚相见，现在我才明白您把最后一文钱都为我花在服装、糖果、散步、看戏和买书上——现在我为这一切要付出高昂的代价，我悔恨自己的不可饶恕的轻率（因为我接受您的一切，却没有替您设想过）。以前您要使我快乐的一切，现在对我都成为痛苦，只留下于事无补的懊悔。我发觉您最近很苦恼，尽管我自己也苦恼地预料会出什么事，可是现在发生的事，是我脑子里根本没有想到的。这是怎么啦！您竟然会沮丧到这种地步，马卡尔·阿历克谢耶维奇！可是现在所有认识您的人对您会有什么想法,现在他们会怎么议论您呢?您是我和大伙儿所尊重的人,因为您心地善良、谦虚、慎重,现在您竟突然染上这样令人讨厌的恶习,以前似乎是从来没有过的。费奥多拉告诉我,人们发现您醉倒在大街上,被警察送回寓所,我听了真不知如何是好!我惊讶得发呆,虽然我也预料到会出什么异常的事,因为已经有四天不见您的踪影了。您有没有想到过,马卡尔·阿历克谢耶维奇,要是您的长官们知道了您旷职的真正原因,他们会说什么?您说,大伙儿都嘲笑您,大伙儿都知道了我们的关系,您的邻居们在开玩笑的时候还提到我。马卡尔·阿历克谢耶维奇,别去理会这些,看在上帝的分上,您放心吧。还有您和那些军官们闹的事也把我吓坏了;关于这件事我隐隐听到一些。请您给我解释一下,这一切是什么意思?您信中说,您不敢对我坦白,您怕您承认了一切会失去我的友谊,说您在我生病的时候感到很绝望,不知道该怎样帮助我,说您变卖了一切是为了接济我,不让我进医院,说您拼命地借债,还每天跟女房东闹矛盾——可是您把这一切都瞒着我,您这是选择了下策。然而现在我却统统都知道了。您不好意思让我承认我是造成您的不幸处境的根源,而您的做法反而给我带来双倍的痛苦。这一切都使我震惊,马卡尔·阿历克谢耶维奇。啊,我的朋友!不幸是一种传染病。不幸的人和穷人应该彼此躲开,免得传染得更厉害。我给您带来那样的不幸,是您从前在您的俭朴孤独的生活中从来没有经受过的。这一切折磨着我,使我痛不欲生。

现在请您把一切都老老实实地写信告诉我,您究竟出了什么事,您怎么会横下心走这一步的。如果可能,请让我放下心来。现在我写到"让我放下心来",并不是出于我的自私,而是出于我对您的友情和爱,这是任什么都不能从我心里磨灭掉的。再见。我焦急地等待您的答复。您把我想得太坏了,马卡尔·阿历克谢耶维奇。

> 真诚爱您的
>
> 瓦尔瓦拉·多布罗谢洛娃
>
> 七月二十七日

我珍贵的瓦尔瓦拉·阿历克谢芙娜!

好啦,现在一切都结束了,一切都在逐渐恢复原状,这就是我要告诉您的,小宝贝:您在担心人们对我会有什么想法,对此我急于要向您说明，瓦尔瓦拉·阿历克谢耶芙娜，我的自尊心对我来说是最宝贵的。我要告诉您，由于这个原因，传到您耳朵里有关我的不幸和所有这些乌七八糟的事，上级中还没有人知道，而且也不会知道，所以他们全都会照以前那样看重我。我怕的只是一样：我怕流言蜚语。女房东在家里吵吵嚷嚷，现在我用您接济我的十卢布还了欠她的一部分债，所以她只是唠叨几句，不再吵嚷了。至于别的人，他们倒没有什么，只要不向他们借钱，他们也就没有什么。在结束我的解释时，我要对您说，小宝贝，我把您对我的尊敬看得高于世上的一切，它在我目前混乱的状态中给了我安慰。感谢上帝，最初的打击和最初伤脑筋的事总算过去了，您对此事的态度很好：您并没有因为我不能和您分开，把您当作我的小天使那样爱您，把您留在我的身边，把真相瞒着您，就把我当作不忠实的朋友和自私的人。现在我又努力工作，开始很好地履行我的职责了。昨天我走过叶夫斯塔菲·伊万诺维奇身边的时候，他老人家一句话也没有说。不瞒您说，小宝贝，我的债务要把我逼死了，我的衣服都破破烂烂，可是这也没有什么，我恳求您也别为此感到绝望，小宝贝。再给我送半卢布来吧，瓦连卡，这半卢布也使我伤心。现在事情居然到了这种地步，到了这种地步！就是说，不是我这个老傻瓜去帮助您这个小天使，而是我可怜的小孤儿来帮助我！费奥多拉弄到了钱，她做得好。目前我毫无希望弄到钱，小宝贝，如果以后有一线希望，我一定会详详细细地写信告诉您。可是流言蜚语，最使我不安的是流言蜚语。再见，我的小天使。我吻您的小手，但求您早日恢复健康。信写得不详细，因为我急于要去上班，因为我要努力勤奋，以赎我在工作中犯下的一切过错；关于我的一切遭遇以及和军官们所发生的事，只好放在晚上再写了。

尊敬您和真心爱您的

马卡尔·杰武什金

七月二十八日

唉，瓦连卡，瓦连卡！现在这一回可是您的错，该由您来负责了。您的来信把我完全弄糊涂了，让我不知如何是好，只有到现在我空闲下来，看清楚我的内心深处，我才看出来我是正确的、完全是正确的。我不是说我闹酒的事（去他的吧，小宝贝，去他的吧），我是说我爱您这件事，我爱您完全不是不明智的，完全不是不明智的。小宝贝，您什么都不明白，只要您明白了这一切是为了什么，我为什么应该爱您，您就不会这么说了。所有这些道理您不过是说说而已，我确信您心里根本不是那样。

我的小宝贝，我跟军官们发生的那全部事件，我自己都不知道，也记不清了。应该告诉您，我的小天使，在那以前我是心烦意乱。您想想看，已经有整整一个月，我可以说是一贫如洗。我的情况糟到极点。我一直瞒着您，也瞒着这所房子里的人，可是我的女房东整天大声叫嚷。这对我本来也没有什么。随这个坏婆娘去嚷嚷好了，可是第一，这是丢人的事；第二，她不知从哪儿听说了我们的关系，上帝知道她是怎么打听出来的，她就大叫大嚷，闹得整座房子的人都知道，我吓呆了，把我的耳朵堵起来。问题是别人并不把耳朵堵上，反而竖起耳朵来听。现在，小宝贝，我都不知道往哪儿躲才好……

所以您看，我的小天使，所有这一切，所有这种种灾难凑在一块儿，简直要我的命。忽然我从费奥多拉那里听到一件怪事，她说有一个想占便宜的卑鄙家伙到您家去，用卑鄙的求婚侮辱了您。照我看，他是侮辱了您，使您深受侮辱，小宝贝，因为我自己也深深地受了侮辱。就在那时候，我的小天使，我快疯了，我失去了自制力，我完全没有活路了。我的朋友瓦连卡，我在一种前所未有的疯狂中跑出去，我要去找那个好色之徒；我已经不知道我要干什么，因为我不愿意让人欺侮您，我的小天使！是啊，多么悲伤！那时候下着雨，雨雪泥泞，我心里痛苦极了！……我已经打算回去……就在这时候我堕落了，小宝贝。我遇到了叶梅利亚，叶梅利亚·伊利奇，他是个文官，就是说，他曾经是个文官，现在已经不是文官，因为他被我们那儿革职了。我不知道他现在干什么，怎么受穷受苦，于是我就跟他去了。这时您觉得怎么样，瓦连卡，您在信里读到您朋友的不幸，他的灾难、他受诱惑的故事，您能开心吗？第三天晚上，这个叶梅利亚就来怂恿我，我就到他那儿去，上那个军官那里去了。他的地址是我向我们打扫院子的人打听得到的。小宝贝，话既说到这里，我索性就说了吧，我早就注意到这个棒小伙子，他住在我们这座房子里的时候我就注意他了。现在我才发觉，我做得有失体面，因为我被带去见他的时候，头脑已经不清醒。瓦连卡，老实说，我什么都不记得，我只记得他那里有好多军官，还是我的眼睛看花了，把一个人看成两个——这只有上帝知道。我也不记得我说了些什么，我只知道我义愤填膺地大发议论。是啊，这时他们就把我赶走,把我从楼梯上扔下来,就是说,并不完全是扔下来,只是把我推了下去。您已经知道,瓦连卡,我是怎么回来的,这就是全部经过。当然,我辱没了自己,我的自尊心受到了伤害,可这件事外人谁也不知道,除了您谁都不知道;是啊,既然如此,这件事就等于根本没有发生过一样。也许,事情就是这样,瓦连卡,您以为如何?只是我确实知道有一件事,事情是这样的:去年我们这儿的阿克先季·奥西波维奇也这样大着胆子去跟彼得·彼得罗维奇找麻烦,不过是秘密地,他秘密地做了这件事。他把他叫到守卫室,这都是我从门缝里看到的;他在那里按照需要,然而很体面地把事情处理了,因为除了我谁也没瞧见,而我却不要紧,就是说,我要说的是,我是不会告诉任何人的。好吧,在这之后彼得·彼得罗维奇和阿克先季·奥西波维奇都像若无其事似的。您知道,彼得·彼得罗维奇是个自尊心极强的人,他对任何人都没提起过这事,所以他们现在见面还是点点头,握握手。我不来争辩,瓦连卡,我不敢跟您争辩,我是深深地堕落了,最为可怕的是,我在自己的心目中是名誉扫地了,然而,这一定是命中注定的,这一定是命运,而您自己知道,对命运是逃不掉的。是啊,这就是我的不幸和灾难的详细的说明，瓦连卡，一切就是这样，这种事情不去谈它也罢。我有些不舒服，我的小宝贝，一点开玩笑的情绪都没有。谨向您表明我的眷恋、爱和敬意，我仁慈的瓦尔瓦拉·阿历克谢耶芙娜小姐。

我是您最恭顺的仆人
马卡尔·杰武什金
七月二十八日

仁慈的先生，马卡尔·阿历克谢耶维奇！

我读了您的两封信，直是唉声叹气！请听我说，我的朋友，您要么是还有什么事瞒着我，只写了您全部不愉快事情中的一部分，要么是……真的，马卡尔·阿历克谢耶维奇，您的信写得还是有些凌乱……请您到我这儿来吧，看在上帝的分上，今天就来，您听我说，您知道，您就直接到我们这儿来吃午饭吧。我真不知道，您是怎样生活的，您跟您的女房东是怎样和好的。关于这一切您一点儿都没有写，好像是故意避而不谈。那么先再见，我的朋友，今天一定要来；您要是总到我们这儿来吃午饭，那就更好了,费奥多拉做菜做得很好。再见。

     您的瓦尔瓦拉·多布罗谢洛娃
         七月二十九日

小宝贝,瓦尔瓦拉·阿历克谢耶芙娜!

  您高兴了,小宝贝,上帝赐给您机会,轮到您以德报德,来酬报我了。这一点我是相信的,瓦连卡,我相信您的天使般的心是善良的,我这么说并不是责备您,只是您也别像上次那样责怪我,说我这一把年纪还瞎花钱了。如果您一定要认为那是过错的话,那么过错已经犯下了,有什么办法呢!只是听您说这种话,我的朋友,我心里很难受!我说这话您听了可别生我的气,我整个的心都痛苦极了。穷人们总是任性的——这是生来如此。这一点我先前就感觉到了,现在更是深有体会。他,一个穷人,总喜欢挑剔,他用另一种眼光来看世界,他对每一个过路的人都侧目而视,他用惶恐不安的目光望着自己周围,倾听别人的每一句话——听人家是不是在说他什么,是不是在说他怎么长得那么难看。他是不是正有这种感觉?比方说,从这边看他是个什么样,从那边看他又是个什么样?其实每个人都知道,瓦连卡,穷人比一块破布都不如,得不到任何人的尊重,不管他们怎么写!他们这批蹩脚的作家,不管他们怎么写都是一个样!穷人身上的一切还是原来的模样。那么,为什么还是原来的模样呢?这是因为照他们看,穷人的一切一定都露在外面,心里一定不会秘藏任何东西,至于什么自尊心就绝对不该有!前些时叶梅利亚说,某个地方人家为他募捐,每给他十戈比都要对他做一番正式审查。他们认为他们是白给了他十戈比,其实非也,他们出钱,是因为让他们看到了穷人。现在,小宝贝,慈善事业搞得有些奇怪……也许是历来如此,有谁知道呢!要么是他们不会办事,要么是他们十分内行——两者必居其一。这一点您也许不知道,我就来对您说吧。对别的事情我们只好保持缄默,但是对这种事情我们是知道的。穷人为什么知道这一切,总是考虑这种事呢?为什么?哦,这是凭经验嘛!这是因为,比方说,他知道,在他身边有那么一位老爷,这位老爷要到什么地方的一家餐馆去吃饭,一面自言自语:这个穷光蛋文官今天吃些什么?我要吃炸肉卷加浇汁,而他呢,也许吃没有一星儿油的粥。可是我吃没有油星儿的粥与他有什么相干?是有这样的人,瓦连卡,有这样的人,他净想这种事。还有那些下流的、专写诽谤文章的人，他们一边走路，一边看你走路是放平了脚踩在石头上呢还是踮着脚尖。这儿有某一个机关的某一个文官，一个九级文官，他的光脚指头从靴子里露出来了，他衣服的胳膊肘那儿磨破了——然后他们就在家里把这些统统都写出来，把这些乌七八糟的东西都印出来……我衣服的胳膊肘磨破了与你有什么相干？如果您能原谅我说句粗话，瓦连卡，我就要对您说，在这方面穷人跟你们同样害臊，打个比方说，跟处女一样害臊。您总不会在大伙儿面前——请原谅我说粗话——脱光衣服吧。同样，穷人也不喜欢人家偷看他的陋室，看他的家庭情况怎样——就是这样。既然如此，瓦连卡，您又为什么跟我的敌人，跟那些破坏一个正派人的名誉和自尊心的人一起来欺负我呢！

而且今天我坐在机关里像一只孤单单的小熊，像一只拔了毛的麻雀，我为自己简直惭愧得无地自容。我真是惭愧啊，瓦连卡！要是你的衣服上透露出光胳膊肘，你的扣子都挂在线上晃荡，你自然会感到害臊。而且，好像存心跟你作对似的，浑身上下都是乱七八糟！你就不由得要垂头丧气。可不是吗！……今天斯捷潘·卡尔洛维奇亲自跟我谈起公事，他说着说着，好像无意似的插了一句："唉，您哪，马卡尔·阿历克谢耶维奇老兄！"他并没有把他想说的其余的话说完，可是我自己已经全都猜到了，我的脸涨得通红，连我的秃头都涨红了。实际上这件事并没有什么，不过毕竟令人不安，引起沉重的深思。他们别是听到什么了！上帝保佑，可别让他们听到什么！我承认我在怀疑一个人，十分怀疑！要知道，这些坏蛋什么都不在乎！他们会出卖你！为了半戈比会去泄露你的全部私生活，在他们心目中没有一点儿神圣的东西。

现在我知道这是谁干的勾当了：这是拉塔贾耶夫干的好事。他跟我们部门里的一个人认识，一定是在谈话之中把一切都添油加醋地告诉了那个人；要不，也许是在他自己的部门里讲过，后来就渐渐传到我们部门里来。在我们的寓所里，事无巨细人人都知道，他们朝您的窗户指指戳戳；这我知道，他们是在指。昨天我去您那里吃午饭的时候，他们都从窗口探出头来，女房东还说："瞧，魔鬼跟婴孩儿搞在一块儿了。"后来她还用不堪入耳的名字称呼您。可是这一切跟拉塔贾耶夫的丑恶意图比起来又是微不足道了，他要把我跟您写进他的作品里去，用含蓄的讽刺笔调描写我们。这是他亲口说的，是我们这儿的好心人转告我的。我已经什么事都不能想了，小宝贝，也不知道如何是好。什么罪过也不必隐瞒，我们触怒了上帝，我的小天使。

您，小宝贝，要送一本什么书来给我解闷。可是，书，去他的吧，小宝贝！书是什么？那上面尽是无稽之谈！小说是一派胡言，它所以写一派胡言，是写给闲着没事干的人读的；请相信我，小宝贝，相信我多年的经验。要是他们向您提起什么莎士比亚，说什么你看，文学界就有莎士比亚，那么，莎士比亚也是一派胡言，这一切是地道的一派胡言，一切只是写来诽谤人的！

> 您的马卡尔·杰武什金
>
> 八月一日

仁慈的马卡尔·阿历克谢耶维奇先生！

您别再为什么事担心了，上帝保佑，一切都会得到妥善解决。费奥多拉为她自己和我拿到一大堆针线活儿，我们就高高兴兴地干起来，也许，一切都会好转。她怀疑我最近发生的一切不愉快的事都和安娜·费奥多罗芙娜有关，可是现在对我来说都无所谓了。我今天不知怎么特别开心。您要去借钱——千万别借！到将来该还钱的时候就该倒霉了。您还是跟我们接近些好，常到我们这儿来，别理您的女房东说什么，至于您其他的仇人和不友好的人,我相信您是在自寻烦恼,胡乱猜疑,马卡尔·阿历克谢耶维奇!您要注意,上次我已经对您说过,您的文体太不流畅。好啦,再见,再见吧。盼望您务必来我这里。

您的瓦·多

八月二日

我的小天使,瓦尔瓦拉·阿历克谢芙娜!

我急于要告诉您,我的命根子,我又有一线希望了。可是对不起,我的小闺女,您信里不是写,我的小天使,叫我不要借钱的吗?我亲爱的,不借钱哪能行;我的情况已经够糟的,而且您那里恐怕万一也会出什么事!要知道,您身体虚弱,所以我说钱是一定要借的。好吧,我就接着说吧。

我要告诉您,瓦尔瓦拉·阿历克谢芙娜,在机关里我坐在叶梅利扬·伊万诺维奇旁边。这不是您知道的那个叶梅利扬。此人跟我一样,是个九级文官,在我们整个机关里,我们俩差不多是年纪最大的职员,资格最老。他心肠好,不自私,而且那么不爱说话,看上去永远像是头真正的熊。可是他工作细致,他的书法是纯粹英国式的，如果说老实话，他写的字并不比我差，是一个可尊敬的人！我和他一向只是泛泛之交，只是照例在见面和分手时打个招呼。如果有时候我要用削笔刀，我就请求他："叶梅利扬·伊万诺维奇，请把削笔刀借我用一下。"总之，只有在日常生活中需要的时候才说上两句。今天他竟然对我说："马卡尔·阿历克谢耶维奇，您怎么老是心事重重？"我看得出人家是希望我好，我就老实对他，叶梅利扬·伊万诺维奇，如此这般地说了，也就是说，没有统统说出来，老天不容，我永远不会全说出来，因为我没有勇气说，我只是对他说了一点儿，说我手头拮据之类的话。"老兄，您就该，"叶梅利扬·伊万诺维奇说，"您就该去借钱，哪怕跟彼得·彼得罗维奇去借也成，他放债收利，我借过，他要的利息适当，不高。"啊，瓦连卡，我的心跳了起来，我想来想去，也许上帝会让彼得·彼得罗维奇发发善心借钱给我。我自己已经在考虑，这一来我就可以付钱给女房东，还可以帮助您，再把自己全身上下收拾干净，要不然真是丢人：我甚至怕坐在位子上，这还不算，我们那帮爱嘲笑人的家伙还取笑我，去他们的！有时候大人经过我们的桌旁，上帝保佑，千万别让他瞧我一下，发现我穿得这么不成体统！他老人家最注重的是穿着整洁。他老人家大概什么都不会说，可是我却要惭愧死了——就会这样。结果我发了狠，把自己的羞耻之心揣到破衣袋里，心里满怀希望去找彼得·彼得罗维奇，又急得要命地期待着——一切都凑在一起。是啊，瓦连卡，哪知道竟是毫无结果！他正好有事，在跟费多谢伊·伊万诺维奇说话。我从旁边走到他跟前，拉了拉他的衣袖，说："彼得·彼得罗维奇，彼得·彼得罗维奇！"他回头一看，我就接着说，是这么回事，三十卢布，等等。起初他没有听懂我的话，后来我向他解释了一切，他就笑了起来，什么也没有说。我又把那些话对他说了一遍。他却问我："您有抵押品吗？"说了就自顾自埋头写他的公文，不再瞧我。我有些发慌。"没有，"我说，"彼得·彼得罗维奇，抵押品我没有。"我就向他解释，等一领到薪水我就还，一定要还，首先要还这笔债。这时有人把他叫走。我等着他，他回来了，就开始修笔，好像没有注意到我似的。我仍旧讲我的那一套，我说："彼得·彼得罗维奇，能不能想点办法？"他不作声，好像没听见似的。我站了半天，好吧，我心里想，我再试最后一次，于是我又拉了他的衣袖。他哪怕吭一声也好，可是他削好了笔，又写起来；我就走开了。小宝贝，您看见了吗，他们也许都是可尊敬的人，但是很骄傲，非常骄傲——这对我倒没有什么！我们哪能跟他们打交道呢，瓦连卡!我把这一切告诉您,就是为了这一点。叶梅利扬·伊万诺维奇也笑起来,直摇头,可是他鼓励我,这个热心人。叶梅利扬·伊万诺维奇是个可尊敬的人。他答应给我介绍一个人;瓦连卡,这个人住在维堡区,也放债收利,是个什么十四级文官①。叶梅利扬·伊万诺维奇说,此人一定肯借;小天使,我明天就去,好吗?您认为怎么样?要知道,不借钱就糟糕了!女房东差点儿把我赶出寓所,不愿意供我伙食了。而且我的靴子破得不成样子,小宝贝,连扣子也都没有了……我真是一无所有了!要是长官之中有人看见我穿得这么不成体统,那可怎么办?糟糕哇,瓦连卡,糟糕,真是糟糕透顶!

马卡尔·杰武什金
八月三日

亲爱的马卡尔·阿历克谢耶维奇!

看在上帝的分上,请设法尽快借些钱来。在目前的情况下,

---

① 帝俄时代最低级的文官。

我本来是绝不会请您帮忙的,可是如果您知道我的境况就好了!在这个寓所里我们是绝不能再待下去了。我遇到了一些极不愉快的事,要是您能知道我现在心里是多么烦乱和激动就好了!请想象一下,我的朋友,今天早上我们这儿来了一个陌生人,上了年纪,差不多是个老头儿,佩着勋章。我很惊讶,不明白他上我们这儿来干什么。费奥多拉这时上小铺去了,他开始向我问长问短,问我生活如何,我在做什么,不等我回答他就向我声称,他是那个军官的叔叔,他说他很生他侄子的气,因为他侄子品行恶劣,向整所屋子的人破坏我们的名誉。他说他侄子是个淘气的孩子,为人轻浮,他说他准备保护我,劝我别听那些年轻人说的话,还说他像父亲那样同情我,对我怀有慈父般的感情,打算在种种方面给我帮助。我涨红了脸,不知道该怎么想,但是并没有急于向他表示感谢。他硬拉着我的手,拍拍我的腮,说我长得美极了,说他非常满意我脸上有小酒窝。(上帝知道,他在胡说些什么!)最后,他说他已经是个老头儿,他要吻吻我。(他真可恶!)这时候费奥多拉走了进来。他有些窘,又说他因为我温文尔雅、品行端正而尊重我,很希望我不要把他当作外人。后来他把费奥多拉叫到一旁,用一种奇怪的借口要给她一些钱。费奥多拉当然不要。最后他准备回家了,又把他的全部保证的话重说了一遍,说他还要来看我,要带耳环来送我(似乎他自己也很窘)。他劝我搬家,说要给我介绍一个他所看中的极好的寓所,又不要我花什么钱;他说他非常喜欢我,因为我是一个正直而懂事的姑娘,他劝我要警惕那些荒淫的年轻人,最后说他认识安娜·费奥多罗芙娜,说安娜·费奥多罗芙娜托他转告我,她要亲自来看望我。这一来我全都明白了。我不知道我是怎么啦;我是有生以来第一次经历这种境遇;我发火了,我把他数落得羞愧难当。费奥多拉来帮我的忙,几乎把他从寓所里赶了出去。我们断定,这都是安娜·费奥多罗芙娜干的事;要不然他是从哪里知道我们的呢?

现在我要来求您,马卡尔·阿历克谢耶维奇,求您帮忙。看在上帝的分上,不要把我撇在这样的处境里!请借点钱来,不论多少,要不然我们搬不了家,可是在这里无论如何再也待不下去了:这是费奥多拉出的主意。我们至少需要二十五卢布;这笔钱我会还您;我会挣来;费奥多拉这两天里还会拿活儿来做,所以如果他们一定要高利,您也随他,一切都同意。我都会还给您,只是看在上帝的分上,别拒绝帮助我。照您目前的处境我再来麻烦您,心里真是十分不安,可是我的全部希望都寄托在您一个人身上！再见，马卡尔·阿历克谢耶维奇，想着我，愿上帝使您成功！

瓦·多

八月四日

我亲爱的瓦尔瓦拉·阿历克谢耶芙娜！

这种种意想不到的打击使我也十分震惊！这么骇人的灾难使我精神上受到极大的刺激！这批形形色色献殷勤的人和老色鬼非但要把您，我的小天使，折磨得病倒，这还不算，他们这些拍马的人还要把我折磨死。把我也折磨死，我敢发誓，他们会把我折磨死的！现在我要是不帮您忙，还不如死掉的好！要是我不帮您忙，那我一定会死掉，瓦连卡，干脆真正地死掉，但要是帮您忙，您就会从我这里飞走，像小鸟从窝里飞出去一样，而那些猫头鹰和猛禽都准备来啄它。使我非常苦恼的就是这一点，小宝贝。而且您，瓦连卡，也未免太狠心了！您怎么能这样？他们折磨您，欺负您，我的小鸟，您在受苦，可是您还要因为麻烦我而难受，您还答应要挣钱来还债，也就是，老实说,您为了在限期之内还我的债而要把身体虚弱的自己累死。是啊,瓦连卡,您只要想一想,您说的是什么话!您为什么要做针线活儿,为什么要干活儿,费尽苦心地来折磨自己可怜的小脑袋,损害您的美丽的眼睛,搞垮您的身体呢?唉,瓦连卡,瓦连卡,您看,我亲爱的,我这个人什么用处也没有,我自己也知道我毫无用处,可是我要设法做到我能派上用场!我要克服一切困难,我自己会去找到额外的工作,我要给各种各样的作家抄写各种不同的稿件,我要去找他们,亲自去找,死乞白赖地跟他们讨活儿干,因为他们在找好的抄写的人,我知道他们在找,我不能让您把自己累垮,不能让您去实现那种极其有害的主意。我的小天使,我一定要去借钱,要是不去借钱还不如死掉的好。您信上说,我亲爱的,叫我不要怕出高利,我不怕,小宝贝,我不怕,现在我什么都不怕。小宝贝,我要去向人家借四十个纸卢布,其实这并不多,瓦连卡,您以为怎么样?我一开口就借四十卢布,人家能相信我吗?就是说,我想说,您认为人家第一眼看见我能不能就相信我,对我放心呢?根据我的长相,第一眼能不能使人产生好印象?您想想看,小天使,我能不能使人产生好印象?您是怎么想的?您知道吗,我感到那么害怕,那么痛苦,说真的,很痛苦!从四十卢布里我要分二十五卢布给您,瓦连卡,两个银卢布给女房东,余下的留给我自己开销。您看,本来应该多给女房东一些,甚至是必要的;但是,您要通盘考虑一下,小宝贝,算一算我的全部需要,您就会看出来,决不能再多给了,因此关于这件事就不必再说,提也不必提了。我要花一个银卢布买一双靴子,我都不知道明天我能不能穿这双旧靴子去上班。围巾也是必需的,因为那条旧的已经用了快一年了。可是您答应用您的旧围裙不但可以裁出一条围巾,还可以裁出一块胸衣,那么关于围巾我就不必去多想了。这样一来,靴子和围巾都有了。现在还有扣子,我的朋友!我的小不点儿,您也会同意,我不能没有扣子,可是我的衣襟上的扣子差不多有一半都掉了!我一想到大人会注意到我这么不像样子,他会说话的,而且会说些什么,这么一想,我心里就战战兢兢!小宝贝,我不会听到他说些什么,因为我会死掉,死掉,当场死掉,由于惭愧,心里只要这样一想,就会死掉。唉,小宝贝!买了这些必需品就还剩下三卢布;那就要靠这些来度日,买半磅烟叶;因为,我的小天使,没有烟叶我就活不下去,烟斗已经是第九天没有进过嘴巴了。凭良心说,我可以买烟叶而不告诉您,可是我于心有愧。您遭到不幸,您已经一无所有,而我在这里却大肆享受,为了这个我才把一切都对您说,免得受良心的谴责。我老实向您承认,瓦连卡,现在我的处境极端困难,就是说,以前我绝对没有遇到过这种情况。女房东瞧不起我,谁也不尊重我;我样样都缺,还欠了债;在办公室里,我的那批文官从前就没有让我舒服自在过,小宝贝,现在更是别说了。我隐瞒着,小心地向大伙儿隐瞒一切,我自己也总躲躲闪闪,侧着身子走进办公室,躲开所有的人。只有对您我才有勇气来承认这些……可是,要是借不到钱可怎么办!好啦,不,瓦连卡,最好别想这个,别事先让这种想法使我泄气。我所以这么写,是为了提醒您,您自己别去想它,不要自寻烦恼,唉,我的上帝,要是借不到钱,您可怎么办呢!当然,那样您就不会搬出这个寓所,我还能跟您在一起,——可是,不,要是借不到我就不回来了,随便找个地方一死了事。现在我在这儿唠唠叨叨地给您写信,其实我应该去刮脸了。人刮了脸样子总好看些,样子好看总会得到人家另眼看待。好了,愿上帝保佑!我要祷告一会儿,然后上路!

马·杰武什金

八月四日

最亲爱的马卡尔·阿历克谢耶维奇!

请您千万不要绝望!本来已经够痛苦的。我给您送去三十个银戈比;再多无论如何不行了。给您自己买点最需要的东西,凑合着挨到明天。我们自己几乎什么都没有剩下,不知道明天怎么办。真愁死人,马卡尔·阿历克谢耶维奇!不过,您别发愁了;借不到,那有什么办法!费奥多拉说,这也没有什么了不起,暂时还可以在这个寓所里待下去,即使我们搬了家,也未必会有多大的好处,如果他们想找的话,不管搬到哪里他们都找得到我们。不过现在留在这儿总有些不太好。要是我的心情不那么忧伤,我还要告诉您一些事情。

您的性格真古怪,马卡尔·阿历克谢耶维奇!您把无论什么事都过分放在心上了;因此您永远将是个最最不幸的人。我仔细读了您的全部来信,看出您在每一封信里都在为了我那么苦恼和担忧,却从不为自己操心。当然,大伙儿都会说您有一颗善良的心,可是我要说,它也未免太善良了。我要给您一个友好的忠告,马卡尔·阿历克谢耶维奇。我感激您,十分感激您为我做的一切,使我刻骨铭心。那么请您判断一下,我看见即使到了现在,在我无意之中给您造成了全部灾难之后,即使到了现在,您还只是为我活着:为了我的喜悦、我的忧伤、我的心灵而活着——这会使我心里做何感想!假如您对别人的事情这么关切,对一切人怀着极度的同情,那么,您因此就会成为一个最最不幸的人。今天您下了班到我这儿来的时候,我一看见您,不禁大吃一惊。您是那么苍白,那么惊慌,那么绝望:真是面无人色——这都因为您怕告诉我您没有得手,怕使我伤心,使我受惊,可是当您看到我几乎要笑出来的时候,您才放下心来。马卡尔·阿历克谢耶维奇,您不要发愁,不要绝望,您要把心放宽些,我请求您,恳求您做到这一点。您瞧着吧,一切都会好起来,一切都会好转,否则您老是为别人的痛苦而苦恼担心,您的日子就不好过了。再见,我的朋友,恳求您别太为我担心。

瓦·多

八月五日

我亲爱的瓦连卡!

啊,好了,我的小天使,这就好了!您断定要是我弄不到钱还没有什么了不起。嗨,这就好了,我放心了,我因为您而感到幸福。我甚至高兴,因为您不抛开我这个老人,仍旧在这个寓所里留下来。如果我把话全部倾吐出来,那就是:我心里充满喜悦,因为我看到您在信里把我写得那么好,对我的感情给予应有的赞扬。我这么说并不是由于骄傲,而是由于我看出来您是多么爱我,才会为我的心那么担忧。是啊,好了,现在何必再来讲我的心,心就随它去吧。现在您嘱咐我,不要畏畏缩缩;是啊,我的小天使,我自己也要说,不要畏畏缩缩。尽管如此,您自己倒决定一下,我的小宝贝,明天我穿什么靴子去上班!问题就在这里,小宝贝,要知道这种念头会把一个人压垮的,彻底压垮的。主要的是,我的亲人,我不是为自己悲伤,也不是为我自己痛苦。我对一切都无所谓,哪怕要我不穿大衣,不穿靴子在砭骨的严寒中走来走去,我都能挺住,都能忍受,我什么都无所谓。我是一个普普通通的小人物,可是别人会怎么说呢?要是我不穿大衣,我的仇人,这些恶毒的舌头会说些什么?要知道,大衣是穿给别人看的,靴子恐怕也是穿给别人看的。在这种情况下,小宝贝,我的心肝,我需要靴子是为了维护名誉和好名声,穿窟窿连天的靴子会使我两者全都丢光。请相信我,小宝贝,相信我多年的经验,请听我这个饱经世故的老人的话,别去听那些信口开河的拙劣作家的话。

可是我还没有告诉您,小宝贝,今天实际上发生的一切和我今天饱受的痛苦呢。我饱受了痛苦,我一个早上所受的精神上的痛苦比别人整整一年所受到的还要多。事情是这样的:首先,为了要遇到他,我一清早就去了,然后赶去上班。今天是倾盆大雨,再加雨雪泥泞!我的心肝,我紧裹大衣,走哇走哇,心里一直在想:"上帝啊,饶恕我的罪孽,让我能够如愿以偿吧。"我走过一座教堂,画了个十字,忏悔我的一切罪过,这时我想起来我不配跟上帝商量什么事情。我一心在想心事,什么都不想看,只是不辨道路地一直往前走。街上空空荡荡,遇到的人都是那么匆匆忙忙、心事重重,这也难怪:有谁会在这么大清早,在这样的天气出来散步呢!我碰到一群肮里肮脏的工人,这些乡巴佬把我推来搡去!我不禁胆怯,感到可怕,老实说,钱的事我已经不愿意去想——既然要碰运气,那就去碰碰看吧!刚走到沃斯克列先斯基桥边,我的靴底脱落了,所以连我自己都不知道我脚底下踩的是什么。这时我碰到我们的文书叶尔莫拉耶夫,他挺直身子站着,目送着我,好像要我请他喝伏特加。"唉,老兄,"我心里想,"喝伏特加,这时候还顾得上喝伏特加!"我累极了,我停下来,歇了一会儿,再慢慢地往前挪。我故意东张西望,想找点什么东西吸引住我的思想,给我解解闷,使我振作起精神:可是不成,没有什么能吸引我的思想,而且我浑身都脏得要命，自己都觉得不好意思。最后我看到远远的有一所黄色的木头房子，有个像望楼似的阁楼，"好，"我心里想，"就是它，这就是叶梅利扬·伊万诺维奇说的马尔科夫的房子（小宝贝，他就是放债收利的马尔科夫）。"这时我自己都糊涂了。我明明知道这是马尔科夫的房子，我还要去问一个岗警——我说："老兄，这是谁的房子？"这个岗警态度非常粗暴，不愿意开口，好像在跟谁生气，从牙缝里挤出一句话来，说，这就是马尔科夫的房子。这些岗警都是那么冷淡，可是岗警跟我有什么关系？不过这一切都给人不愉快的恶劣印象，总之，一件件事都接踵而来，从每一件事情里都可以看出和自己的境况肖似之处，事情总是如此。我在这所房子前面来回走过三次，每次都走到街的尽头，我越走越觉得事情不妙。"不，"我想，"他不会借钱给我，决不会借给我！再说，我是个陌生人，我的事情很难办，我这副长相又不讨人喜欢。算啦，"我想，"只好听天由命，只是免得后来后悔，我要去试试，反正他们不会把我吃掉。"于是我就轻轻地推开了边门。这时又碰到一件倒霉的事：一只可恶的、愚蠢的看家小狗缠住我不放，拼命地吠叫！就是这种讨厌的小事总要逼人发疯，小宝贝，使人胆怯，把事先下定的全部决心完全丧失。所以我就半死不活地走进屋子，哪知道又碰上一件倒霉事——在黑暗中我没有看清楚门槛下面有什么东西，一脚就绊在一个娘儿们身上，那娘儿们正提着一桶牛奶往罐子里倒，结果牛奶全洒了。这个蠢娘儿们尖叫起来，唠唠叨叨地说："你往哪里闯啊，我的爹，你要干什么？"说着就数落着大哭起她得来不易的东西来。小宝贝，我说这件事，是因为在类似的情形下我总碰到这种倒霉事；这是我命中注定的；我永远要被不相干的事情缠住。一个老妖婆，芬兰籍的女房东听到吵闹声探出头来，我就径直走到她跟前，说："马尔科夫是住在这里吗？""不是。"她说，她站了一会儿，仔仔细细打量了我，"您找他有什么事？"我向她解释说，是叶梅利扬·伊万诺维奇叫我来的，等等，还说了别的事。我说有一笔小生意。老太婆就叫她的女儿，女儿出来了，是个年纪不轻的姑娘，赤着脚。"去叫你父亲，他在楼上房客那里。您请进。"我进去了。屋里还不错，墙上挂着画，都是些将军的画像，屋里放着一张长沙发，一张圆桌，一盆木樨草还有几盆凤仙花。我心里盘算，算了，我不如趁早一走了事，小宝贝，我真想一走了事！我心里想："我不如明天再来，明天天气会好些，我可以等晚些来，今天碰上牛奶洒了，那些将军又都是怒气冲冲的样子……"我已经走到门口，可是他进来了，他长得相貌平常，花白头发，一双贼眼，身穿油污的长袍，腰里束一根绳子。他问我来干什么，我就对他如此这般地说："叶梅利扬·伊万诺维奇，四十卢布"，我说，"事情是这样的……"可是我没有把话说完。从他的眼睛里我看出来，事情办不成了。"不行，"他说，"我没有钱；您有什么抵押品吗？"我开始解释说，我没有东西做抵押，可是那个叶梅利扬·伊万诺维奇，总之，我把需要解释的都解释了。他听完我的话，说："不行，什么叶梅利扬·伊万诺维奇！我没有钱。""好吧，"我心里想，"果然如此，果然不出我所料。"瓦连卡，我真巴不得脚底下裂开一条缝才好。我冷得脚都冻僵了，背上一阵阵的寒战。我望着他，他望着我，他差点儿要说出来："你走吧，老兄，这儿没有你的事了。"换了别的情况,我就要羞死了。"您怎么啦,您需要钱干什么？"（他就是这么问的，小宝贝！）我张开嘴巴想说话，只是为了免得傻站着，可是他连听都不听，"不行，"他说，"我没有钱，否则我倒愿意借。"我一再向他提出。我说，"要知道，我借得不多，"我说，"我会还您的，到期一定归还，我还能在限期前归还，利息随您要，真的，我一定还。"小宝贝，我在这一瞬间想起了您，想起您的种种不幸和贫困，想起您的半个小银卢布。"可是不行，"他说，"利息倒无所谓，只是要有抵押！否则我没有钱，真的没有，否则我倒愿意借的。"他还赌咒发誓呢，这个强盗！

是啊，我的亲人，我根本不记得我是怎么出来，怎么经过维堡区，怎么来到沃斯克列先斯克桥的。我累得要命，冻得发抖，直到十点钟我才赶到办公室。我想把身上的泥刷干净，可是看门的斯涅吉廖夫说不行："你会把刷子弄坏的。"他说："老爷，刷子是公家的。"小宝贝，他们现在是多么放肆，在这些先生的眼里，我几乎连他们擦脚的破布都不如。要知道，瓦连卡，毁掉我的是什么？毁掉我的不是金钱，而是所有这些日常的惊惶不安，这些窃窃私语、微笑、笑谑。大人可能无意中听到有关我的事。唉，小宝贝，我的好日子过去了！今天我把您的全部来信读了一遍；伤心哪，小宝贝！再见，我的亲人，上帝保佑您！

马·杰武什金

又及：瓦连卡，我本来打算用半开玩笑的口吻向您描述我的不幸，只是看来我办不到。我是想让您开心的。我要到您那里去，小宝贝，一定要去，明天就去。

八月五日

瓦尔瓦拉·阿历克谢耶芙娜！我亲爱的，小宝贝，我完蛋了，我们俩都完蛋了，我们俩一起无可挽回地完蛋了。我的名誉，我的自尊心统统丢光了！我毁了，您也毁了，小宝贝，您跟我一起不可挽回地毁了！是我，是我把您引向毁灭的！他们随意支使我，小宝贝，他们瞧不起我，拿我开玩笑，女房东竟然骂起我来，今天她对我大喊大嚷，不断地骂我，把我看得一钱不值。晚上，在拉塔贾耶夫那里，他们之中有人大声朗读我写给您的一封信的底稿，是我无意中从口袋里掉出来的。我的小宝贝，他们拿我们大开玩笑！他们先是一再赞扬我们，然后拼命地哈哈大笑。这些不讲信义的人！我走到他们跟前，揭穿拉塔贾耶夫不讲信义，说他是个背弃朋友的人！可是拉塔贾耶夫回答我说，我自己才是个背弃朋友的人，说我净搞女人，无往不利。他说："您瞒着我们，您这个勒夫列斯[①]。"现在大家都叫我勒夫列斯，我没别的名字了！您听见了吗，我的小宝贝，您听见没有？现

---

① 英国小说家理查逊（1689—1761）的小说《克拉丽莎》（1748）中的男主人公，后成为勾引妇女的好色之徒的通用名词。理查逊的这部小说于十八世纪至十九世纪初在俄国十分流行。

在他们统统都知道了，一切都知道了，关于您的事，我的亲人，他们都知道，凡是您那儿的事他们都知道，统统都知道！这还不算！连法尔多尼也是，他也跟着一起瞎起哄。今天我差他去腊肠店买点东西，他非但不去，还说他有事！"要知道，这是你的责任。"我说。"才不是呢，"他说，"我没有责任，您不付我女主人钱，所以我对您也没有责任。"我受不了他这种没有教养的大老粗的侮辱，就说他是笨蛋，可他竟对我说："您才是笨蛋呢。"我想他是喝醉了才对我这样出言不逊，我就说："你喝醉了，您这个大老粗！"可是他对我说："是您请我喝的吗？您自己还没有钱买酒喝呢；您自己还跟人家讨十戈比银币呢！"他又添上一句："哼，还算是个老爷呢！"您看，小宝贝，事情居然闹到这种地步！瓦连卡，活在世上真是丢脸。我完全像疯了似的，比没有身份证的流浪汉还不如。多重的灾难啊！我完蛋了，简直是完蛋了！不可挽回地完蛋了。

马·杰

八月十一日

亲爱的马卡尔·阿历克谢耶维奇！我们遇到的真是灾难重重，我自己都不知道如何是好了！现在您那里不知怎么样，对我也不能抱什么希望了。今天我被熨斗烫伤了左手；我不小心碰倒了熨斗，又是碰痛又是烫伤，真是祸不单行。我无论如何不能再干活儿了，费奥多拉已经病了三天。我处于痛苦不安之中。送上三十个银戈比，这几乎是我们最后剩下的钱了，可是上帝看见，目前在您需要钱的时候，我是多么愿意帮您的忙。我难受得几乎掉眼泪！再见，我的朋友！您要是今天上我们这儿来，就是给我最大的安慰。

瓦·多

八月十三日

马卡尔·阿历克谢耶维奇！您怎么啦！您想必是不敬畏上帝了。您简直要把我逼疯了。您不觉得惭愧吗？您毁了自己，您只消考虑一下自己的名誉就够了！您是个正直的人，高尚，有自尊心——是啊，要是大伙儿都知道您的事可怎么办！您简直应该羞死！莫非您不怜惜您的满头白发了？是啊，您不敬畏上帝了！费奥多拉说，现在她再也不帮您的忙，而且我也不再给您钱了。马卡尔·阿历克谢耶维奇，您可把我害苦了！您一定以为您这样做坏事与我无关，您还不知道我为您吃足了苦头！我连我们的楼梯都不敢走：大伙儿都看我，用指头对我点点戳戳，说的话么难听；是的，他们居然说我跟一个酒鬼勾搭上了。这种话是多么难听！他们把您送回来的时候，所有同住的人都带着鄙视的神气指着您说："瞧，他们用车子把那个文官送回来了。"我真替您惭愧死了。我向您发誓，我要从这里搬走。我随便到哪儿去，当女仆也好，当洗衣女工也好，反正这儿待不下去了。我曾写信给您，要您到我这儿来，可是您不来。可见我的眼泪和请求在您心目里都算不了什么，马卡尔·阿历克谢耶维奇！再说，钱您是从哪儿弄来的？看在上帝的分上，要保重身体。不然您就要毁了，平白无故地毁了！这是多么可耻，多么丢人啊！昨天女房东不肯放您进屋，您就在过道里过了一夜；这我都知道。要是您能知道当我听到这一切的时候是多么痛苦就好了。到我这儿来吧，在我们这儿您会开心的：我们要一同看书，一同怀旧，费奥多拉还要给我们讲她长途跋涉去朝圣的故事。为了我的缘故，我亲爱的，别毁了您自己，也别毁了我。要知道，我只是为您一个人活着，为了您我才留下来和您在一起的。现在您却是这样！做一个高尚的人吧，在患难中要坚强；您要记住，贫穷不是罪过。而且，何必要绝望呢：这一切都是暂时的！上帝保佑，一切都会好起来，只是现在您要自我克制。送给您二十个银戈比，您给自己买烟叶或是您想要的一切，只是看在上帝的分上，千万别瞎花。到我们这儿来吧，一定要来。您也许会像从前那样不好意思，可是您别不好意思，这种不好意思不是真的。只要您真心诚意地悔改就好了。您指望上帝吧，他会安排好一切的。

瓦·多

八月十四日

瓦尔瓦拉·阿历克谢耶芙娜，小宝贝！

我惭愧，我的心肝，瓦尔瓦拉·阿历克谢耶芙娜，我感到惭愧极了。不过，小宝贝，这有什么特别呢？为什么不能让自己的心欢快起来呢？我不再去想我的靴底了，因为靴底是不值一提的，永远是普通的、蹩脚的、满是泥泞的靴底而已。而且靴子也是不值一提的！希腊的哲人走路就不穿靴子，那么我们这批人又何必为这种没有价值的东西过分劳心呢？既然如此，人们为什么要欺侮我，瞧不起我呢？唉，小宝贝，小宝贝，您居然会写出这种话来！您去对费奥多拉说，她是个爱争吵的、让人不得安宁的、蛮横的娘儿们，而且又愚蠢，说不出的愚蠢！至于说到我的白发，在这一点上您可错了，我的亲人，因为我根本不是您所想的那么老。叶梅利扬向您问好。您信上说，您非常伤心，您哭了；那我要告诉您，我也非常伤心，我也哭了。最后，我祝您身体健康，事事如意。至于我，我也健康如意，而且永远是您——我的小天使的朋友。

马卡尔·杰武什金
八月十九日

仁慈的小姐和亲爱的朋友，瓦尔瓦拉·阿历克谢耶芙娜！

我感到我错了，我感到我很对不起您，可是，在我看来，这并没有一点儿好处，小宝贝，不管您怎么说，这一切我都感觉得到，甚至在我犯下这个大错之前就感觉到了，然而我竟灰心丧气，明知故犯地堕落了。小宝贝，我为人并不凶狠，也不是残酷无情；要撕碎您那颗小小的心，我亲爱的，除非是一头地道的嗜血成性的老虎才行，可是我有的却是绵羊般的心肠，您是知道的，我并不想喝血，所以，我的小天使，尽管我犯下大错，却不能完全怪我，因为不论是我的心还是我的思想都没有罪，我真不知道错在哪里。事情真是令人不可理解，小宝贝！您送给我三十个银戈比，后来又送来二十个银戈比，看着您这孤苦伶仃的人送来的钱，我心里不知有多么痛苦。您自己烫伤了小手，很快就要挨饿，可是您还写信叫我买烟叶。唉，在这种情况下叫我怎么办呢？还是就照这样，昧着良心，像强盗似的开始掠夺您这个孤苦无依的人！这时候我灰心丧气了，小宝贝，也就是，我开始不由得觉得我这个人毫无用处，觉得我本人比我的靴底好不了多少，我认为妄自尊大是有失体面的，恰恰相反，我开始认为自己是个不体面的、在某种程度上不正派的人了。是啊，我既然不知自尊自重，全盘否定了我的好品质和我的人格，那就一切都完了，于是我就堕落了！这已经是命中注定的，我并没有错。起初我只是出去透透新鲜空气。接着事情就一件件地跟踪而来：大自然在哭泣，雨在下着，天气又冷。这时候我偏偏碰到了叶梅利扬。瓦连卡，他已经把他所有的一切都当得精光，他已一无所有。我遇到他的时候，他已经两天两夜一点东西都没有进嘴了,他要拿点无论如何也不能去当的东西去当,而且也从没有那样的抵押品。这时,我的心软了,与其说是出于我个人的心意,还不如说是出于我对人的同情。这桩罪过就这样发生了,小宝贝!我们俩一起哭得好伤心啊!我们想起了您。他非常善良,他是个非常善良的人,又是极其多愁善感的人。小宝贝,我亲身感受到这一切,我所以会发生那样的事,就是因为我对这一切深有体会。我知道,我亲爱的,我欠了您多少情啊!自从认识您之后,我首先开始更清楚地认识自己,也就爱上了您;在认识您之前,我的小天使,我孤孤单单,我像是在世上睡着,而不是在世上活着,那些恶人说,甚至我的外貌都不像样,他们嫌弃我,于是我也开始嫌弃我自己;他们说我笨拙,我也真的认为我笨拙。可是当您在我面前一出现,您就照亮了我整个黑暗的生活,连我的心和我的灵魂都发亮了,使我得到精神上的平静,知道我并不比别人差,只是我没有什么可炫耀的,我没有气派,没有风度,然而我仍然是一个人,在心灵和思想上来说我是一个人。可是现在我感到我受命运的压迫,受它的侮辱,否定了自己的好品质,我的灾难惹我苦恼,使我心灰意懒。现在既然您一切都知道了,小宝贝,我就含着眼泪求您对这件事别再深究了,因为我的心要碎了,我又痛苦又难受。

小宝贝,我向您致以敬意。

始终是您忠实的

马卡尔·杰武什金

八月二十一日

上一封信我没有写完,马卡尔·阿历克谢耶维奇,因为我实在难以下笔。有时候我愿意一个人待着,一个人发愁,一个人伤心,没有人来和我分忧,这样的时刻在我是越来越多了。在我的回忆中有些对我是那么无法解释的东西,那么不知不觉地、那么强烈地吸引着我,使我一连几个小时对我周围的一切毫无感觉,忘记了一切现状。我现在生活中的一切印象,愉快的也罢,沉痛的、忧伤的也罢,没有一样不使我想起我过去生活中类似的情景,最常想起的是我的童年,我的幸福的童年!可是在这样的时刻之后我总感到难受。我不知怎么很虚弱,我的梦想使我极度疲乏,我的健康状况本来已经是每况愈下了。

可是今天早晨空气清新,阳光明媚,在这儿的秋天这是罕见的，它使我精神振奋，我高高兴兴地迎接它。这样，我们这里已经是秋天了！在农村的时候我是多么喜欢秋天哪！那时我还是个孩子，但是已经能感受到很多了。我喜欢秋天的黄昏胜于秋天的早晨。我记得，离我们家几步远的地方，山脚下有一个湖。这个湖——我仿佛现在还看见它——这个湖是那么宽阔、清澈、明净，像水晶一般！有时候，如果傍晚没有风，湖水就很平静，岸上的树木纹丝不动，水面一平如镜。多么清新！多么凉意袭人！露水滴在草上，岸上的小木屋里亮起了灯光，人们把牲口赶回家去。这时我悄悄地从家里溜出来，去看看我的湖，常常一看就看出了神。渔夫们紧挨水边点起一捆枯枝，火光就远远地、远远地映在水面。天空是那么寒冷、蔚蓝，整个天边都燃起一道道通红的火光，这火光变得越来越淡；月亮出来了，空气中的回声是那么响，不论是一只受惊的小鸟振翅起飞，是微风吹动一根芦苇，还是鱼儿在击水——统统都听得见。蓝色的水面上升起一层薄薄的、透明的白色水汽。远方渐渐暗下来，一切都像隐没在迷雾之中，而近处的小船、河岸、小岛却都轮廓分明，好像用刀刻出来的。一只被扔掉、被遗忘在岸边的水桶在水上微微漂动，一枝叶子发黄的柳枝和芦苇缠在一起，一只晚归的海鸥振翅起飞，时而扎进冷水，时而又振翅起飞，消失在雾里。我看出了神，听入了迷，我心里开心极了！可是那时我还是个娃娃，还是个小孩呢！……

我是那么喜欢秋天——喜欢深秋，那时庄稼已经收割完毕，所有的农活都干完了，晚上小木屋里已经开始小伙子们的聚会，大伙儿都在等待冬天的来临。那时候一切都显得比较阴暗，天空乌云满布，光秃秃的树林边缘的小径上黄叶遍地，而树林却变青发黑，特别是在晚上湿雾降落的时候，树木在迷雾中隐隐出现，像巨人，像形状丑陋的、可怕的幽灵。有时你在外面玩得耽误了时间，落在别人后面，一个人就拼命地赶，真是可怕！你自己像树叶似的发抖；你以为眼看就会有个可怕的人从这个树洞里伸出头来；这时一阵风在树林里刮过去，呜呜作响，喧哗起来，哀号得好不凄惨；从枯枝上刮下的一大堆树叶在空中飞旋，后面是一大片闹嚷嚷的鸟儿，发出刺耳的狂叫飞过，天空全被它们遮黑。你心里害怕起来，这时好像听到有人声，仿佛有人在低声说："跑吧，跑吧，孩子，别耽搁了，这儿马上就要变得可怕了，跑吧，孩子！"你心里恐惧起来，就拼命地跑哇跑哇，跑得喘不过气来。你上气不接下气地跑到家里；家里又热闹又快乐；给我们孩子们都分了活儿干：剥豌豆或是剥罂粟花籽；炉子里的潮木柴噼啪作响；

妈妈高兴地看着我们高高兴兴地干活；老保姆乌里扬娜在讲旧时的事或是讲魔法师和死人的吓人的故事。我们孩子们都互相紧挨着，可是大伙儿的嘴唇上都带着微笑。突然间我们一下子都安静下来……你听！有响声！好像有人在敲门！结果什么都没有，这是老弗罗洛芙娜的纺车在嗡嗡地响，大伙都笑坏了！可是后来到了夜里我们都害怕得睡不着，做了那么可怕的噩梦。有时候，醒来之后连动也不敢动，在被窝里一直发抖到天亮。早上起来你鲜艳得像朵小花。你朝窗外一看：整个田野上都笼罩着严寒；光秃秃的树枝上蒙着一层薄薄的秋霜，湖上结了纸一般的薄冰，湖面上升起白色的水汽，快活的鸟儿在啼叫。灿烂的阳光照耀着周围的一切,晒化了玻璃般的薄冰。光辉,鲜明,快活！炉火又噼啪地响起来；大伙儿围着茶炊坐下，夜里被冻得发抖的我们的黑狗波尔康，不时朝窗内张望，亲切地摇着尾巴。一个农民骑着一匹精神饱满的小马跑过窗前，到树林里去打柴。大伙儿都是那么满意，那么快活！……啊，我的童年是多么幸福美好哇！……

现在，我沉醉在回忆之中，不禁像孩子似的大哭起来。我那么栩栩如生地、栩栩如生地回忆起一切，过去的一切是那么鲜明地展现在我眼前，而现在的一切却是那么黯淡，那么阴暗！……事情将会怎样结束，这一切会怎样了结呢？您知道吗，我有一种信念，确信今年秋天我一定会死去。我病得非常非常厉害。我常常想到我必定死去，但是我还是不愿意就这样死去——躺在这里的泥土里。也许，我又要卧床不起，像春天那次一样，而我的身体还没有康复呢。就连现在我也非常难受。费奥多拉今天一整天不知跑到哪里去了，就留我一个人待着。从某个时候起我害怕只剩下我一个人；我总觉得，屋子里还有人和我在一起，有人在跟我说话，特别是我在沉思着什么，突然从沉思中醒悟过来的时候，我就觉得毛骨悚然，所以我才给您写这么一封长信，我写信的时候，这种感觉就消失了。再见，我的信要结束了，因为我没有纸，也没有时间了。我卖我的衣服和帽子的钱只剩一个银卢布了。您给了女房东两个银卢布，这很好；现在她暂时会安静了。

您要设法修补一下您的衣服。再见，我累极了；我不懂得我怎么会变得这么虚弱，做一点儿事就吃力得要命。万一有了工作，可怎么去干呢？就是这个念头使我心烦欲死。

瓦·多

九月三日

我亲爱的瓦连卡!

　　我的小天使,我今天感触很多。第一,我整天头痛。为了透透新鲜空气,我出去沿着丰坦卡①走走。傍晚是那么黑暗潮湿。五点多钟天色已经暗下来,就像现在这样!没有雨,可是有雾,跟真的下雨也差不多。天空飘过一条条又长又宽的乌云。堤岸上过往的行人多得不得了,人们好像故意似的,一个个都脸色可怕,令人沮丧。有喝得醉醺醺的农民,有穿着长靴、不包头巾的翘鼻子的芬兰妇女,有搬运工人,有马车夫,有我们这种因为某种需要出来的人;有顽童,有一个钳工的徒弟,身穿带条纹的长衣,面黄肌瘦,脸好像在烟油里洗过似的,手里拿着一把锁;还有一个退伍的兵士,身高有一丈②,——就是这样一些人。看来,在这种时候不可能有别种人。丰坦卡是一条通航的运河!木驳船多极了,叫你真不明白怎么能全容得下。桥上坐着一些卖潮湿的蜜糖饼干和烂苹果的妇女,都是些那么肮里肮脏、身上湿漉漉的娘儿们。沿着丰坦卡散步真没劲!脚底

---

① 穿过彼得堡的一条运河。
② 指俄丈,1俄丈约合2.134米。

下是潮湿的花岗石，两旁是高大、乌黑、被烟熏的房屋；脚底下是雾，头顶上也是雾。今天的傍晚是那么凄凉，那么阴暗。

等我拐进豌豆街，天色已经全黑，开始点起煤气灯了。我有很久没有去豌豆街了，没有机会去。多么热闹的街道！多么豪华的铺子和商店；衣料啦，玻璃罩里的鲜花啦，形形色色带飘带的女帽啦，无不光彩夺目。你会以为这一切陈列出来是为了装潢，其实不是，真是有人买这些东西送给自己的妻子。多么豪华的街道！有许多德国面包师住在豌豆街，他们一定也是非常富有的人。时刻有那么多的轿式马车驰过，马路怎能承受得起这份重量啊！那么豪华的轻便马车，车上的玻璃亮得像镜子，车厢里是天鹅绒和绸缎，贵族气派的听差戴着肩章、佩着剑。我朝所有的马车里瞅上一眼，里面坐的都是打扮得花枝招展的淑女们，也许是公爵小姐和伯爵夫人。这种时候她们一定是赶去赴舞会和晚会的。要是能从近处看见公爵夫人和一般的贵妇人一定很有趣，一定很好，我从来没有像现在这样看过，朝马车里张望过。这时我想起了您。唉，我亲爱的，我的亲人！现在我一想起您，我整个的心都痛了！瓦连卡，您为什么这样不幸？我的小天使！您哪一点比不上她们所有这些人？在我看来，您善良、美丽、有学问，您为什么要遭受到这样凶恶的命运？

这一切是怎么搞的,好人举目无亲,而另一个人的幸福却不招自来?我知道,我知道,小宝贝,这样想是不好的,这是自由思想。不过凭良心说,说真心话,为什么一个人还在娘胎里的时候命运就像老鸦似的呱呱一叫向他预报吉兆,而另一个人却注定要在育婴堂里出生呢?要知道,事情往往如此,小傻瓜伊万努什卡①往往交好运。你,小傻瓜伊万努什卡,尽管在祖上传下来的钱袋里掏钱吧,你尽管吃喝玩乐吧,而你这个没出息的呢,却只能干看着咽唾沫,你只配这样,老兄,你就是这种人!罪过呀,小宝贝,这样想是有罪的,可是在这种时候有罪的念头就会油然而生。您就该也乘坐这样的马车,我的亲人,我的心肝。得到您的美目一盼的应该是将军们,而不是我们这批家伙,您穿的不应该是粗麻布的旧衣服,而是绫罗绸缎,戴着金首饰。您不会像现在这样憔悴瘦弱,而是像小糖人似的那么鲜艳、红润、丰腴。到那时候,我只要能从大街上往您的灯光明亮的窗口看您一眼,只要能望见您的影子,我就会幸福了。只要想到您,我的美丽的小鸟,在那儿过着幸福快活的日子,我就快活了。可是现在呢!这些坏人害了您还不够,又来了一个

---

① 俄罗斯民间故事中的幸运儿。

为非作歹的坏蛋来欺负您。他穿着燕尾服大模大样，他可以透过金边眼镜瞧着您，这个无耻之徒，他就可以随心所欲，对他的低级下流的话人家都得洗耳恭听！得啦，是这样吗，亲爱的老爷们！可是这一切是为了什么呢？这是因为您孤苦无依，因为没有人保护您，您没有一个有势力的朋友能给您适当的支持。其实，那算是什么人，那些毫不在乎地侮辱孤苦无依的人算是什么人？这是坏蛋，而不是人，简直是坏蛋。他们只是把自己算是人，事实上他们并不是人，这一点我是确实相信的。这些人，他们就是这样的！照我看，我的亲人，就连今天我在豌豆街上碰到的那个摇手风琴的流浪乐师也比他们更能得到人的尊敬。尽管他整天走来走去，受尽辛苦，等待别人给他们一个存放已久的、用不着的小钱来度日，然而他是个独立自主的人，他自己养活自己。他不愿意乞讨，可是他为了使别人快活而劳动，就像一架开动的机器，他说："你看，我尽量给人带来快乐。"乞丐，他是个乞丐，不错，说什么他也是个乞丐，然而他是个高尚的乞丐；他受累挨冻，但是还在劳动，虽然是照自己的方式，但总是在劳动。小宝贝，有许多正派人，按他们的劳动量和效益来说，尽管赚的钱不多，可是他们不向任何人低三下四，不向人乞讨面包。你看，我完全跟这个流浪乐师一样，也就是说，我并不是那样，完全跟他不一样，可是就我这方面来说，在为人高尚和正派方面来说，完全跟他一样，我劳动，而且尽力而为。再不能要我做得更多了，是啊，俗语说，没有也就没法说了。

我所以讲到这个流浪乐师，小宝贝，是因为今天我遇到一件事使我倍加感到我的贫穷。我站下来望望那个流浪乐师。一些那样的念头钻进我的头脑，于是我站下来分散一下注意力。我站在那里，有两个马车夫，一个姑娘，还有一个浑身肮脏的小女孩，也都站在那里。那个流浪乐师在一家窗前站下。我注意到有一个很小的孩子，大约十来岁的男孩，他本来大概长得很好看，可是现在看上去是那么病歪歪的，那么瘦弱，他只穿一件衬衫，还披些什么，几乎是光着脚站着，张开嘴巴在听音乐——他还是个孩子嘛！他看德国人的洋娃娃跳舞看出了神，可是他自己的手脚都冻僵了，他在发抖，不住咬他的袖口。我发觉他手里拿着一张什么小纸。一位老爷走过，扔给流浪乐师一枚小钱，小钱直接落进那只上面画着一个法国人和太太们跳舞的箱子里。小钱刚一响，我那男孩儿就猛地一惊，胆怯地朝四周望了望，显然，他以为钱是我给的。他跑到我跟前，他的小手在发抖，他的声音也在发抖，他把纸条递给我，说："字条！"我打开字条一看，上面写的是大家都知道的话："我的恩人，孩子们的母亲要死了，三个孩子在挨饿，您现在帮助帮助我们吧，为了您现在不忘记我的娃娃，我就是死了，到了阴间，我的恩人，我也不会忘记您。"是啊，事情就是如此，事情很明白，是平平常常的事，可我拿什么给他们呢？是啊，我什么也没有给他。可是多么遗憾！孩子可怜巴巴的，冻得发青，也许还在挨饿，他没有撒谎，真没有撒谎；这种事我是知道的。可是这些可恶的母亲为什么不爱惜孩子，在这样的大冷天打发他们半光着身子拿着字条出来，这未免太恶劣了。她也许是个没有主意的傻娘儿们，也许没有人照顾她，她就只好盘起腿坐着，也许她真的有病。是啊，她总应该找个地方去请求救济；可是，也许她只是个骗子，故意把挨饿的病孩子支使出去骗人，使他生病。这可怜的孩子拿着这种字条能学到什么呢？这只能使他的心肠变硬；他来回走动，奔跑，乞讨。人们来来往往，没有工夫理他。他们是铁石心肠，他们的话是冷酷的。"走开！滚！不行！"这就是他听到所有的人说的话，这使孩子的心肠变硬了，这个可怜的、受惊的男孩儿就在严寒中白白地哆嗦着，像一只从破巢中跌落下来的小鸟。他的手脚冻僵了，他喘不过气来。你一看，他已经在咳嗽，要不了多久，疾病就会像一条肮脏的爬虫爬进他的胸膛，再一看，死神已经在一个发臭的角落里站在他的头上，他逃不了，也没有救——这就是他整整的一生！人生往往就是如此！唉，瓦连卡，听着"看在基督的分上"而走过去，一个钱也不给，只对他说"上帝会帮助你的"，心里真是难受。有的"看在基督的分上"听起来还没有什么。（因为"看在基督的分上"说法各有不同，小宝贝。）有的声音拖得很长，说惯了，脱口而出，简直像叫花子的腔调；这种人不给他钱还不怎么难受，这是讨饭的老手，职业的乞丐，你会想，这个人已经习惯了，他能熬过去，并且知道怎样熬过去。可是有的"看在基督的分上"就说得不习惯，生硬、可怕，就像今天我从那个男孩儿手里拿过字条时听到的那样。这时在篱笆旁边站着一个人，他没有向所有的人要钱，而是对我说："老爷，看在基督的分上，给我半戈比吧！"他的声音是那么短促生硬，叫人听了毛骨悚然，我不禁哆嗦了一下，可是一个钱也没有给：因为我没有钱。而且有钱的人们不喜欢穷人大声埋怨他们的命运不好，说什么："他们打扰了我们，他们真是纠缠不休！"是啊，穷人总是纠缠不休的——也许，他们的饥饿的呻吟会打扰了有钱人的睡眠吧！

我坦白地对您说，我的亲人，我开始向您描述这一切，部分是为了排遣忧思，而更多的是为了让您看看我的文章的优美文体。因为您自己大概也会承认，小宝贝，不久前我渐渐形成了我的文章的风格。可是现在我却非常苦恼，因为我的灵魂深处都开始同情我的想法，尽管我自己也知道这种同情丝毫不起作用，不过它至少可以给自己以应有的公正的评价。真的，我的亲人，一个人往往毫无理由地妄自菲薄，把自己看得一文不值，比一片木屑都差。打个比方来说，也许是因为我自己备受折磨，吓破了胆，就像向我乞讨的那个可怜的男孩儿一样。现在我要含蓄地对您说，小宝贝，您就听我说吧：一清早我总忙着去上班，有时看看城市的情景，看它怎样苏醒、起来、生火、喧腾和热闹——有时在这样的情景相形之下觉得自己变得渺不足道了，好像有人弹了一下你那爱管闲事的鼻子，你就把手一摆，慢慢走你自己的路，比水还平静，比小草还低微！现在，您再来仔细瞧瞧，在这些被烟熏黑的高大坚固的楼房里都在干些什么，您深入地研究一下，自己再来判断判断：毫无道理地妄自菲薄，使自己置身于不体面的尴尬处境，这样做公平吗？您要注意，瓦连卡，我是譬喻地说，不是按字面的意义。好吧，我们来看看，这些房子里都在干些什么？在那边一个烟雾腾腾的角落里，在一间潮湿的、因为穷困而用来做住房的破破烂烂的小屋里，一个手艺人从睡梦中醒来。比方说，他整夜梦见他昨天无意中剪坏了的一双靴子,好像一个人正是应该梦见这种破玩意儿似的!因为要知道他是个手艺人,是个靴匠;他心心念念地想着他干的那一行是情有可原的。他的孩子们在尖声哭叫,妻子在挨饿。有时候早上这样起床的不光是靴匠。我的亲人。这本来没有什么,本来不值得一写,可是这儿出现了一种这样的情况,小宝贝:就在这里,就在这幢房子里,在楼上或是楼下,在一所金碧辉煌的宅子里,一个大富翁夜里也许也梦见了这样一双靴子,就是说另外一种式样,另一种剪裁的靴子,不过仍旧还是靴子,因为照我在这里所指的这个字的意义来说,我的小宝贝,我们大伙儿都有些像靴匠。这一切本来都没有什么,然而糟糕的是,竟没有一个人在这个大富翁旁边凑着他的耳朵低声说:"行啦,别再去想那些事,别再只想你自己,为自己一个人活着了,你又不是靴匠,你的孩子们身体健康,你的妻子没有去讨饭;你看看你的周围,你就没有看到有比你的靴子更为高贵、更值得关心的东西了吗?"这就是我要委婉地向您说的话,瓦连卡。这也许是过分的自由思想,我的亲人,但是这种思想往往是会萌生的,有时候它自己会冒出来,那时激烈的话就不禁从心里涌了出来。因此没有理由把自己估计得一文不值,一听见嚷嚷和轰响声就吓坏了。在结束的时候我要说,小宝贝，您也许以为我是在对您诽谤别人，或是我因为心情抑郁这么说，再不然是我从什么小书上抄来的吧？不是的，小宝贝，您别这么想，不是那样，我讨厌诽谤别人，我心情并没有抑郁，我没有一点儿不是从什么小书上抄来的——就是这样！

我心情抑郁地回到家里，坐在桌旁，烧起茶壶，打算喝上一两杯茶。忽然，我们的穷住户戈尔什科夫来看我了。今天早上我就注意到，他老是在别的住户身边转来转去，也想到我跟前来。顺便说一句，小宝贝，他们的生活差得跟我没法比。真是没法比！又有老婆，又有孩子！因此，如果我是戈尔什科夫，我处在他的地位真不知道该怎么办。就这样，我的那位戈尔什科夫走了进来，他鞠着躬，他的烂眼边上像平时一样挂着一滴眼泪，他的脚蹭着地面，可是自己一句话也说不出来。我请他在椅子上坐下，虽然是把破椅子，可是别的椅子我没有。我请他喝茶，他推辞了，推辞了半天，可是最后总算拿起杯子。他要不放糖喝茶，我劝他加糖，他又推辞，争了好久，推辞了半天，最后总算在自己的杯子里放了一块最小的糖，还一再说茶甜极了。唉，真是人穷志短哪！"喂，老兄，有什么事情？"我对他说。"事情是这样的，我的恩人马卡尔·阿历克谢耶维奇，请您像上帝大发慈悲，请您帮帮一个不幸的家庭的忙；我的孩子们和妻子没有东西吃，我这个做父亲的心里是什么滋味！"我刚要开口，可是他打断了我："我见了这里所有的人都害怕，马卡尔·阿历克谢耶维奇，其实并不是害怕，而是不好意思；他们都是些自高自大的人。"他说，"我的老兄和恩人，本来我也不想来麻烦您：我知道，您自己也有伤脑筋的事，我知道，您不能给我很多钱，不过哪怕能借给我一点儿也好。"他说，"我胆敢来求您，因为我知道您的心肠好，我知道您自己也缺钱，您自己现在也在受穷，因此您的心才会同情我。"最后他说，"请原谅我的鲁莽和失礼，马卡尔·阿历克谢耶维奇。"我回答他说，我真心愿意帮他忙，可是我一无所有，真的一无所有。"马卡尔·阿历克谢耶维奇老兄，"他对我说，"我要的并不多，可是您看（这时他的脸涨得通红），我的妻子和孩子们在挨饿，哪怕借给我一枚十戈比银币也好。"唉，这时我自己的心都揪起来了。我想，他们真的比我还穷！可是我总共只剩下二十戈比，而且已经派了用处：明天要花在最迫切的需要上。"不行，我亲爱的，我办不到，是这么回事。"我说。"马卡尔·阿历克谢耶维奇老兄，您要是愿意，"他说，"哪怕借给我十戈比也成。"好吧，我从抽屉里取出我的二十戈比都给了他，小宝贝，这是一件好事啊！唉，真是一贫如洗！我就跟他聊了起来。我问他，您老兄手头这么紧,这么缺钱,怎么还花五个银卢布租一个房间?他向我解释说,这是半年前租下的,预付三个月的租金,可是后来形势搞成这样,他这个可怜的人就一筹莫展了。他原本指望他的案件到这时候可以了结。可是他的案件很棘手。您看,瓦连卡,为了一件事他必须出庭受审。他跟一个商人打官司,那商人在包工中欺骗了公家,骗局被揭发了,商人受了审判,可是那人在自己干的盗窃案里把戈尔什科夫也牵连进去,说他似乎在这里面也做了手脚。其实戈尔什科夫的过错只是玩忽职守,不谨慎,不可宽恕地忽视了公家的利益。这个案件已经拖了几年:戈尔什科夫遇到了种种阻挠。"在这强加在我头上的耻辱中,"戈尔什科夫对我说,"我是无辜的,一点罪都没有,在欺骗和盗窃案里我都没有罪。"这桩案件有点败坏了他的名誉,他被革职了,虽然没有发现他有什么大罪,可是在他没有彻底辩明自己是清白的以前,他不能从商人那里拿到他应该得到的一大笔钱,也就是在法庭上有争议的那笔款子。我是相信他的,可是法庭不相信他的话。这桩案子是那么错综复杂,叫人一百年也弄不清楚。他们刚查出一点眉目,商人又来节外生枝。我真心地同情戈尔什科夫。我的亲人,我对他深表同情。他是个失业的人,人家因为他不可信赖,哪儿都不要他。他坐吃山空；案件难以解决，但人总要活下去；偏偏又完全不合时宜地生了个婴儿，这是一笔开销，儿子病了，是一笔开销，儿子死了，又是一笔开销；他的妻子有病，他也患有慢性病。总之，他在受苦，苦不堪言。不过他说，日内他的案子可望得到有利的判决，现在这一点已经是毫无疑问的。可怜，可怜，他真是可怜，小宝贝！我亲切地对待他。他是个被人遗忘的受牵连的人，他是来寻求帮助的，所以我亲切地对待他。好啦，再见。基督与您同在，祝您健康。我亲爱的！我一想到您，正像在我的有病的灵魂上抹上药一样，虽然我在为您受苦，可是为您受苦对我来说也是轻快的。

您真正的朋友
马卡尔·杰武什金
九月五日

小宝贝，瓦尔瓦拉·阿历克谢耶芙娜！

我现在给您写信，神经几乎有些失常：一件可怕的事使我非常激动。我的头眩晕，我觉得我周围的一切都在旋转。唉，我的亲人，现在我要讲给您听的是件什么事啊！看，我们再也不会预料到会有这种事。不，我不相信我会没有预料到；这一切我都预料到了，这一切我的心似乎事先已经感觉到了！前不久我甚至梦见过类似这样的事。

这就是发生的事！我要不加修饰地讲给您听，照上帝吩咐的那样。今天我去上班。我到了那里，坐下抄写。您要知道，小宝贝，我昨天也在抄写。事情是这样的，昨天季莫费·伊万诺维奇走到我跟前，亲自吩咐说："这是等着要用的急件，马卡尔·阿历克谢耶维奇。"他说："您要抄得整洁些，快些，仔细些：今天要送去签字。"我要告诉您，小天使，昨天我就精神恍惚，什么东西都不想瞧，那么忧伤，那么苦闷！心里发冷，心情阴暗，一心总在想您，我可怜的心肝。于是我就动手抄起来，我抄得清楚整齐，可是我真不知道该怎样对您说得更准确些，我不知道是被鬼迷了心窍呢，是什么神秘的命运注定的呢，还是冥冥之中应该如此呢——我竟漏抄了整整一行，结果上帝知道它成了什么意思，简直是不知所云了。昨天公文被耽误了，到今天才送给大人签字。而我今天却若无其事地按平时的钟点去上班，在叶梅利扬·伊万诺维奇旁边坐下。应该告诉您，我的亲人，近来我变得比以前加倍地感到害羞和惭愧。最近我什么人都不敢看。只要什么人的椅子吱的一响，我就吓掉了魂。今天也是这样，我安静下来，身子笔挺地坐在那里，这时叶菲姆·阿基莫维奇（世上没有一个比他更爱挑剌的人）大声说得让大家都能听见："马卡尔·阿历克谢耶维奇，您怎么这样坐着，哦——哦——哦？"说着他还扮了一个鬼脸，使他和我周围的人个个都哈哈大笑，当然都是在笑我。他们笑啊，笑啊！我捂住耳朵，眯起眼睛，动也不动。我一向都这样做，让他们可以快些平息下来。忽然我听到喧哗声、奔跑声和忙忙乱乱的声音；我听见——我的耳朵没有听错吧？是在叫我，呼唤我，在叫杰武什金。我的心在胸膛里颤抖起来，我自己都不知道我怕什么，我只知道我一辈子都没有这样害怕过。我牢牢地坐在椅子上——好像没事人似的，好像叫的不是我。可是现在又叫起来，声音越来越近，现在已经叫到我的耳朵上面："杰武什金！杰武什金！杰武什金在哪儿？"我抬起眼睛一看，是叶夫斯塔菲·伊万诺维奇站在我面前，说："马卡尔·阿历克谢耶维奇，去见大人，快些！您抄的公文惹了乱子了！"他只说了这一句话，可是已经够了，小宝贝，只说一句就够了，不是吗？我好像死了似的，手足冰凉，失去了知觉。我去了，简直是半死不活地去了。他们领我穿过一间屋子，穿过第二间屋子，穿过第三间屋子，到了大人的办公室，来到大人面前！当时我在想些什么，我不能向您具体地说明。我看见大人站在那里，他们都站在他周围。我好像没有给他行礼，我忘了。我惊慌得嘴唇发抖，两腿也发抖。这是因为，小宝贝，第一，我惭愧；我朝右边的镜子里看了一眼，我在镜子里看到自己的那副模样，简直把我吓坏了。第二，我一向总做得好像世界上没有我这个人似的。因此大人未必知道有我这个人存在。也许，他耳闻他的机关里有个杰武什金，可是跟此人从未有过最短暂的接触。

大人生气地开口说："您这是怎么搞的，先生！您的眼睛瞧到哪里去了？这是等着急用的公文，是急件，您却把它搞糟了。您这是怎么搞的？"这时大人对着叶夫斯塔菲·伊万诺维奇说。我只听到耳朵里传来几句话："做事马虎！不仔细。您给我们造成了麻烦！"我张开嘴巴想说什么。我本来想请求宽恕，可是又说不出，想走开，又不敢，这时候……这时候，发生了这么一件事，直到现在我都惭愧得拿不住笔。我的一粒纽扣——见它的鬼去！——本来只连在我身上的一根线上，这时忽然脱落了，又蹦又跳（显然是我无意之中碰了它），当的一响一直朝前滚,该死的,一直滚到大人脚前,这时候大伙儿正是肃静无声!这就成了我的全部辩白,我的全部道歉,全部回答,是我准备对大人说的一切!后果是可怕的!大人立刻注意到了我的外貌和我的衣着。我想起了我在镜子里看到的那副模样:我就连忙跑过去抓扣子!这时候我犯糊涂啦!我弯下腰想去拾扣子,可是它又滚又转,我抓不住它,总之,我太不灵活,出了大丑。这时我觉得,一点儿气力都没有了,一切的一切都丧失了!我的好名誉丧失了,我整个的人全完了!这时我的耳朵里无缘无故地一再响起了捷列扎和法尔多尼的声音。最后,扣子总算被我抓住了,我站起来,挺直身子,我哪怕是个傻瓜,也该垂着双手毕恭毕敬地站着才是!可是我没有那样做,我开始把扣子穿到断线上去,好像这样就可以结牢似的,而且我还在微笑,我居然还在微笑。大人起初转过脸去,后来又瞅了我一眼,我听见他老人家对叶夫斯塔菲·伊万诺维奇说:"这是怎么回事?……您瞧瞧他这副模样!……他是怎么啦!……他是个什么人?"唉,我的亲人,居然是这样的话——"他是怎么啦!他是个什么人?"我的脸都丢尽了!我听见叶夫斯塔菲·伊万诺维奇说:"平时倒没有注意到,没有发现过有什么不体面的行为,他为人规矩,薪水是按薪额十足发给他的……""好吧，想办法减轻他的困难，"大人说，"给他预支……""他预支过了，听说预支过了，早就预支过了。他的境况一定很困难，可是他的品行端正，从没有发现过有什么不体面的事。"我的小天使，我好像是在燃烧，我像是在地狱的烈火中燃烧！我要死了！"好啦，"大人大声说，"赶快去重抄一遍，杰武什金，过来，再去重抄一遍，不要出错。你们听着……"这时大人转身朝着其余的人发出不同的命令，大伙儿便都散去。他们刚散，大人就连忙掏出一个钱夹子①，从里面取出一张一百卢布的票子。"喏，"他老人家说，"我只能尽力而为，随您把它算作什么都行……"说了就把钱塞在我手里，我的天使，我颤抖了一下，我整个灵魂都激动了；我不知道我是怎么了，我想抓起大人的手来吻一下。可是他涨红了脸，我的亲人，我一点儿没有扯谎，我的亲人；他抓起我的卑贱的手来握了握，真的抓起来握了握，好像我跟他是平等的人，好像我是跟他同样的将军一样。"您走吧，"他说，"我只能尽我的力量……别再出错，现在这事就由我们分担吧。"

现在，小宝贝，我做出了这样的决定：我请求您和费奥

---

① 这里原文"книжник"是古词，当时的意思是"钱夹子"。——俄编注

多拉祷告上帝，如果我有孩子的话，我也要吩咐他们这样：他们可以不为自己的亲爹祷告，可是为他大人每天都要祷告，永远祷告！我还要说，小宝贝，而且是庄严地说，您要好好地听着，小宝贝，我发誓，尽管在我们的充满厄运、难以忍受的日子里，我看着您，看着您的贫苦，看着我自己，看着我的低劣无能，精神上的不幸使我痛不欲生；尽管如此，我向您发誓，对我来说，这一百卢布还不如大人亲自握了像我这样一根干草、一个酒鬼的卑贱的手那么可贵。他的这番举动使我恢复了原来的我。他的这个举动使我的精神复活了，使我的生活永远变得更加美满了。我坚信，尽管我在至高无上的神面前有罪，但是我为大人的幸福和平安所做的祈祷是会达到他的宝座的！……

小宝贝！我现在心里很乱，万分激动！我的心在跳，简直要从胸膛里跳出去。我自己不知怎么浑身乏力。我给您四十五个纸卢布，给女房东二十卢布，自己留三十五卢布：用二十卢布修补衣服，十五卢布留作生活费用。可是直到此刻，早上的这一切印象还在震撼我的整个身心。我要躺一会儿。可是我很平静，非常平静。只是我的心在隐隐作痛，我可以听见我的心在胸膛深处哆嗦、颤抖、骚动。我要来看您，可是现在这一切感受简直使我陶醉……上帝会看到一切,我的小宝贝,您是我最宝贵的心爱的人!

>您的值得尊敬的朋友
>
>马卡尔·杰武什金
>
>九月九日

我亲爱的马卡尔·阿历克谢耶维奇!

我的朋友,我为您的好运说不出地高兴,我能珍视您的长官的高尚品德。这样一来,您可以休息休息,不必发愁了。不过,看在上帝的分上,别再瞎花钱。要老老实实地过日子,尽量节省一些,从今天起,您要开始多少攒一点儿钱,免得重又突然遇上不幸的事。关于我们,看在上帝的分上,您不必操心,我和费奥多拉凑合着能过下去。您何必送给我们这么多钱,马卡尔·阿历克谢耶维奇?我们根本不需要。我们的钱已经够我们花的。的确,我们不久后从这儿搬出去要花钱,不过费奥多拉希望能从某人那里收回一笔拖欠了很久的旧账。可是我还是给自己留下二十卢布以备不时之需。余下的送还给您。钱请您省着用,马卡尔·阿历克谢耶维奇。再见。现在安心地生活吧,祝您健康快活。我本来还要给您多写几句,可是我感到累得要命,昨天我整天都没有起床。您答应来看我,很好。请来看我吧,马卡尔·阿历克谢耶维奇。

瓦·多

九月十日

我亲爱的瓦尔瓦拉·阿历克谢芙娜!

我恳求您,我的亲人,现在,正当我无比幸福、对一切都称心满意的时候,现在不要离开我。我亲爱的!您别听费奥多拉的话,凡是您要求的事,我都照办,我要好好地做人,单是出于对大人的尊重,我也要循规蹈矩地做人;我们又可以互相写幸福的信,互相倾吐我们的思想、我们的喜悦、我们的忧愁,假如还会有忧愁的话,我们的生活将会加倍地和谐幸福。我们要读点文学……我的小天使!我命运中的一切都转变了,一切都变好了。女房东变得比较通情达理,捷列扎变聪明了,连法尔多尼也变得勤快些了。我跟拉塔贾耶夫和好了。我心里一高兴就主动去找他。他真是个好人，小宝贝，人家说他的坏话，那全是胡说八道，现在我发现那全是无耻的诬蔑。他压根没有想要描述我们：这是他亲口对我说的。他给我念了一篇他的新作。至于那时候他叫我勒夫列斯，那根本不是骂人的话或是什么丢人的称呼；他向我解释了。这是一字不差地从外文引来的，意思是机灵的小伙子，如果说得漂亮些，更有文学味道，那就是不可等闲视之的小伙子——就是这样！他并没有那种意思。这是无伤大雅的玩笑，我的小天使。可是我没有学问，一时糊涂竟生起气来。现在我已经向他道了歉……今天的天气是那么美好，瓦连卡，是那么好。的确，早上是有一层薄霜，好像是从筛子里筛下来的。可是没关系！空气反而变得更清新些。我出去买靴子，买了一双好极了的靴子。我顺着涅瓦大街走过去，我读了《蜜蜂》①，是啊！有一件最重要的事我忘了告诉您了。

您看是这么回事：

今天一清早我跟叶梅利扬·伊万诺维奇和阿克先季·米哈伊洛维奇谈到大人。是啊，瓦连卡，大人他不光是对我一个人

---

① 指《北方蜜蜂》，1825 年至 1864 年在彼得堡发行。该刊由新闻工作者与作家法·韦·布尔加林创办并任编辑（至 1859 年止）。它从三十年代至四十年代后成为反动刊物。果戈理在《狂人日记》（1835）中就讽刺地称该报为小官吏的"经典"读物。——俄编注

那么宽厚，大人他不光是对我一个人施恩，全世界都知道他的心肠好。在许多地方，人们为了对他表示尊敬而赞扬他，还感激得热泪直流。他老人家抚养了一个孤女，安排她出了嫁；把她嫁给一个有名的人，在大人手下办理特殊事务的一个文官。他把一个寡妇的儿子安插在一个机关里，还对他照顾备至。小宝贝，这时我认为我有义务加上我一点微薄的奉献，我就大声向大家讲述他老人家所做的事，向他们都讲了，毫无隐讳。我把害羞的心藏到口袋里。在这种情况下还谈得上什么怕羞，还顾得上什么自尊心呢！我便大声讲述，但愿大人所做的事情得到称赞！我引人入胜地讲着，热烈地讲着，并没有脸红，相反，我还因为有这样的事可讲而感到骄傲呢。我把什么都讲了（只是关于您我很有分寸地没有讲，小宝贝），讲到我的女房东，讲到法尔多尼，讲到拉塔贾耶夫，讲到靴子，讲到马尔科夫——统统都讲了。有人在那里相视而笑，是啊，他们都在相视而笑。不过，他们大概是发现我的外貌有什么可笑的地方，或者是笑我的靴子——一定是笑我的靴子。他们这么做不可能是怀有什么坏心眼。这只是因为他们年轻，或是因为他们都有钱。至于说他们是心怀叵测，怀着恶意讥笑我的话，也就是说，讥笑关于大人的话，他们绝不会这样做。您说对吗，瓦连卡？

直到现在我似乎还不能冷静下来,小宝贝。所发生的种种事情使我心里乱糟糟的!您有木柴吗?您可别着凉,瓦连卡;您是容易着凉的。唉,我的小宝贝,您的那些苦恼的想法使我十分伤心。我祷告上帝,我是怎样为您向他祷告啊,小宝贝!比方说,您有没有长筒的毛线袜,或是有没有比较厚的衣服。您可要注意,我亲爱的。如果您有什么需要,那您看在上帝的分上,千万别让我这个老人心里难受。您就直接来找我好了。现在坏时辰已经过去。您就别为我担心了。将来的一切都是那么光明,美好!

可是那一段时间是悲惨的,瓦连卡!不过反正它已经过去了!岁月流逝,我们只能为这段时间叹息。我想起我的青年时代。说它干吗?有时我连一戈比也没有。我又冷又饿,可我却高高兴兴,就是这样。早上我在涅瓦大街上遛遛,看到一张漂亮的小脸,我就整天感到幸福。那是美好的、美好的时光,小宝贝!活在世上是美好的,瓦连卡!特别是在彼得堡。昨天我含着眼泪在上帝面前忏悔,求主饶恕我在那段愁苦时期犯下的一切罪过:我的抱怨、我的自由思想、我的吵闹和激动。在祷告时我非常感动地想起了您。小天使,只有您一个人使我坚强,只有您一个人安慰我,给我忠告和启迪。小宝贝,这个我终生难忘。今天我吻遍了您所有的来信,我亲爱的!好吧,再见吧,小宝贝。听说离这儿不远有卖衣服的,因此我要去看看。再见吧,小天使,再见。

您忠心耿耿的
马卡尔·杰武什金
九月十一日

仁慈的马卡尔·阿历克谢耶维奇先生!

我是异常地激动。请您听听我们这儿发生的事情吧。我预感到会有不幸的事情发生,请您自己判断一下。我珍贵的朋友——贝科夫先生在彼得堡,费奥多拉遇到他了。他乘着车子,吩咐车子停下,他亲自走到费奥多拉跟前,问她住在哪儿。她先不说。后来他冷笑着说,他知道谁住在她那儿。(显然是安娜·费奥多罗芙娜都对他说了。)当时费奥多拉忍不住了,当场就在街上数落他、责备他,说他是个不道德的人,说他是造成我的一切不幸的祸根。他回答说,一个人身无分文的时候当然是不幸的。费奥多拉对他说,我本来可以靠干活儿养活自己,可以嫁人，再不然也可以找到一份工作，可是现在我已经永远失去了我的幸福，而且我又有病，活不长了。听了这些，他说我还太年轻，说我脑子里还在胡思乱想，说我们的美德黯然失色了（他的原话）。我和费奥多拉都以为他不知道我们的住处，不料昨天我刚出去到中心商场去买东西，他突然走进我们的屋里；他好像特意趁我不在家才来的。他向费奥多拉久久询问我们的生活情况，仔细看了我们的一切，看了我做的针线活儿，最后问道："你们认识的那个文官是个什么样的人？"这时您正巧穿过院子；费奥多拉就把您指给他看。他看了一眼，冷笑了一声。费奥多拉请求他离开，对他说，我非常伤心，身体已经很不好，要是看见他在我们这儿会非常不高兴的。他先没有作声，后来说他是因为闲着没事干才顺便过来看看的，他要给费奥多拉二十五卢布，她当然没有要。这算是什么意思？他到我们这儿来干什么？我不明白，我们的事他都是从哪里知道的？我猜不准。费奥多拉说，她的大姑子阿克西尼娅常到我们这儿来，她认识洗衣服的纳斯塔西娅，而纳斯塔西娅的表弟在一个部里做看门的，安娜·费奥多罗芙娜的侄子有个熟人就在那个部里工作，这些闲话是不是就这样传过去的？不过很可能是费奥多拉弄错了；我们不知道该怎么想。难道他还要到我们这儿来！单是这个想法就把我吓坏了！昨天费奥多拉告诉我这一切的时候，我简直吓得要死，险些把我吓晕过去。他还要怎么样？我现在不愿理会他！他跟我这个可怜的人有什么相干！啊，我现在是多么胆战心惊；我总觉得贝科夫此时此刻会走进来。我将来会怎么样？命运还要给我做什么安排？看在基督的分上，您现在就来看我吧，马卡尔·阿历克谢耶维奇，来吧，看在上帝的分上，来吧。

瓦·多

九月十五日

小宝贝，瓦尔瓦拉·阿历克谢耶芙娜！

今天我们寓所里出了一件极其悲哀、怎么也无法解释的出人意料的大事。我们可怜的戈尔什科夫（我必须告诉您，小宝贝）被证实是完全无罪的。判决早已下来，今天他去听了最后的判决。对他来说，案子是非常圆满地结束了。他原来的什么玩忽职守和不谨慎的罪名完全恕免了。判决他可以从商人那儿拿到一大笔钱，这样他的境况就大大好转了，他名誉上的污点也得到洗雪了，一切都变好了。总之，一切都如愿以偿了。今天他三点钟回到家里。他面无血色，白得像纸一样，他的嘴唇发抖，自己却在微笑，他拥抱了他的妻子和孩子们。我们大伙儿一齐拥上去向他祝贺。我们的举动使他十分感动，他朝四面鞠躬，和我们每个人握好几次手。我甚至觉得他似乎长高了，身子挺直了，眼睛里的眼泪也没有了。可怜的人，竟激动成这样。他在一个地方不能站定两分钟，碰到什么他都拿在手里然后又扔下，他不停地微笑和鞠躬，他坐下又站起来再坐下，上帝才知道他嘴里说些什么，他说："我的名誉，名誉，好名声，我的孩子们！"他就这样说着！他甚至哭了起来。我们大部分人也都流下泪来。拉塔贾耶夫显然是要勉励他，说："老兄，一个人没有饭吃的时候，名誉算得了什么；钱，老兄，钱才是主要的，您应该为此而感谢上帝！"说着还拍拍他的肩膀。我觉得戈尔什科夫似乎生气了，就是说，并没有公然显露出不满，只是有些异样地看了看拉塔贾耶夫，把他的手从自己的肩膀上推开。这种事以前是没有过的，小宝贝！然而，人各有各的性格。就拿我来说吧，遇到这种高兴的时候就不会流露出傲慢的神气。要知道，我的亲人，有时候你过分地点头哈腰、低声下气，不是因为别的，而是因为心地善良、心肠太软……不过，这事和我没有关系！"是啊，"他说，"钱也是好东西，感谢上帝，感谢上帝！"后来我们在他屋里的时候，他还一再地说："感谢上帝！……"他妻子定做了一顿比较精致丰盛的午餐。我们的女房东亲自给他们做菜。我的女房东多少也算是个善良的人。午饭前戈尔什科夫在一个地方一会儿也坐不住，他到处去串门，不管人家有没有请他，他就自己走进去，笑嘻嘻地在椅子上坐下，说些什么，有时什么也不说就走了。到了海军准尉那里他甚至拿起牌来，人家就请他坐下打牌，当第四把手。他打呀打呀，把牌乱打一阵，他打了三四局就不打了。"不，"他说，"我是随便来玩玩的，"他说，"只是随便来玩玩的。"说完就离开了他们。他在走廊里遇到我，抓起我的双手，直视着我的眼睛，只是样子非常怪。他握了握我的手就走了，他一直在微笑，只是笑得叫人有些难受，有些异样，像是个死人。他的妻子高兴得流泪，他们家一切都是那么高高兴兴，像过节似的。他们很快吃完午饭。饭后他对妻子说："您听我说，心爱的，我要去躺一会儿。"说了他就上床去了。他把小女儿叫到跟前，把手放在她的小脑袋上，把孩子的小脑袋抚摸了好半天。然后他又转脸对妻子说："彼坚卡怎么样了？我们的彼佳，"他说，"彼坚卡呢？"他的妻子画了个十字，回答说，他不是已经死了吗。"是啊，是啊，我知道，我都知道，现在彼坚卡在天堂里。"他妻子看他神情有些异样，以为发生的事情把他闹糊涂了，就对他说："亲爱的，您该睡一会儿。""是的，好吧，我马上就睡……我稍微睡一会儿。"说了他就转过身去躺了一会儿，后来又转过身来，想说什么。他妻子没有听清楚，问他："什么，我的朋友？"可是他没有回答。她稍稍等了一会儿，"是啊，"她想，"他睡着了。"就出去到女房东那里待了个把钟头。过了一个钟头她回来一看，丈夫还没有醒，一动不动地躺着。她以为他睡着了，就坐下，动手干了点活儿。她说，她干了半个钟头的活儿，一心在想心事，她甚至不记得她想了些什么，她只是说她把丈夫忘了。直到后来一种惊慌的感觉把她惊醒，首先使她吃惊的是屋里的死一般的沉寂。她朝床上看了看，看见丈夫还照原来的姿势躺着。她走到他跟前，把被子掀开，一看，他已经浑身冰凉——他死了。小宝贝，戈尔什科夫死了，他突然死了，就像被雷打死了！可是他怎么会死的——只有上帝才知道。这件事吓得我魂不附体，瓦连卡，直到现在我还不能清醒过来。简直叫人不能相信，一个人怎么会好端端地就死了。这个戈尔什科夫真是可怜的苦命的人！唉，真是命运哪，什么样的命运哪！他的妻子含着眼泪，惊慌失措。他的小女孩不知躲到哪个角落里去了。他们家里乱成了一团糟，就要来验尸……我都无法确切地告诉您。真是可怜，唉，真是可怜！想起来真叫人痛心，事实上说不定何日何时……一个人竟会这样平白无故地死掉……

您的马卡尔·杰武什金
九月十八日

仁慈的瓦尔瓦拉·阿历克谢耶芙娜小姐！

我急于要告诉您，我的朋友，拉塔贾耶夫给我在一位作家那里找到了工作。有一个人来找他，给他带来那么厚的一部手稿，感谢上帝，要干的活儿很多。只是字写得太乱，我都不知道从何着手；他们还要求抄得快些。稿子写的都是一回事，叫人似乎看不懂……讲好每抄一个印张付四十戈比。我所以写信把这些都告诉您，我的亲人，是因为现在我要有额外收入了。好啦，现在再见吧，小宝贝，我就要动手工作了。

您忠实的朋友
马卡尔·杰武什金
九月十九日

我亲爱的朋友,马卡尔·阿历克谢耶维奇!

我已经有三天什么都没有给您写了,我的朋友,我有许许多多操心的事,许多叫人惊慌不安的事。

前天贝科夫到我这儿来了。我一个人在家,费奥多拉出去了。我给他开了门,一看见是他我就吓得不能动弹。我觉得我的脸色变得煞白。他照他的习惯大声笑着走进来,拿了一把椅子坐下。我好一会儿不能镇静下来,最后我坐到角落里干起活来。他很快就不笑了,大概是我的样子使他吃惊。最近我瘦得厉害,面颊和眼睛都深陷下去,脸色白得像手帕……的确,一年前认识我的人现在很难认出我来了。他盯着我看了很久,最后又乐了起来。他说了些什么;我不记得我是怎么答复他的,他又笑了起来。他在我这儿足足坐了一个钟头,跟我说了好半天,问这问那。最后,临走之前,他握着我的手,说(我逐字逐句地告诉您):"瓦尔瓦拉·阿历克谢芙娜!咱们私底下说说,您的亲戚,我亲密的熟人和朋友安娜·费奥多罗芙娜是个非常下流的女人(这时他还用了一个很不体面的字眼称呼她),她勾引您的表妹走上邪路,把您也毁了。至于说到我,我在这件事上也有些卑鄙，不过这也不足为奇。"这时他就拼命地大笑起来。后来他说，他这个人不会花言巧语；一些重要的东西，一些需要解释的东西，一些被崇高感逼迫得不得不说的东西，他都说了，其余的话他只是三言两语地带过。这时他对我声称向我求婚，因为他认为他有责任恢复我的名誉，他说他有钱，结婚后他要带我到他草原上的村庄去，他要在那里打野兔，他说他再也不来彼得堡了，因为彼得堡这个地方糟透了。他说在彼得堡这儿，照他自己的说法，有一个不成器的侄子，他发誓要取消他的继承权，其实就是为了这个才向我求婚的，也就是他希望有合法的继承人，这就是他求婚的主要原因。后来他说，我的生活太穷苦，住在这么又破又旧的小屋里不生病才怪呢，又预言说，要是我在这儿再待上一个月，那就必死无疑。他说彼得堡的寓所都很糟糕，最后，他问我是否需要什么。

他的求婚把我吓坏了，我自己也不知道为什么竟哭了起来。他以为我哭是由于感激，就对我说，他一向坚信我是一个善良的、富有感情的、有学问的姑娘，可是直到他把我现在的品行为人打听得清清楚楚之后才下决心走这一步。这时他详详细细地问起您，他说他一切都听说了，说您是个品行端正的人，从他这方面来说，他不愿意欠您的债，问我五百卢布够不够偿还您为我所做的一切。我向他解释说，您为我做的事是多少钱也报答不了的；他就对我说，这全是胡话，全是编出来的小说，说我还年轻，不应该读诗，说小说会毁了年轻的女孩子，书本只会使道德败坏，他对任何书都不能容忍，劝我等活到他那个年纪再来议论别人。"到那时候，"他又加了一句，"您才能够识人。"接着他说，希望我对他的求婚要好好地考虑，假如我不慎重考虑就采取这么重要的步骤，他是会非常不愉快的。他又补充说，草率从事和一时头脑发热会毁了没有经验的年轻人，但是他非常希望从我这里得到肯定的答复。最后他说，否则的话，他只好娶一个莫斯科商人的女儿，因为他说："我已经发誓要取消那个不成器的侄子的继承权。"他硬留五百卢布放在我的绣架上，照他的说法，是给我买糖果吃的。他说，到了村子里我会发胖，像个小油饼似的，我在他那儿可以要啥有啥。现在他忙得不可开交，整天为了办事东奔西跑，现在是偷空儿跑来看我的。说完他就走了。我想了很久，我左思右想，我一边想心里一边痛苦，我的朋友，最后，我下了决心。我的朋友，我要嫁给他，我应该答应他的求婚。如果有人能使我摆脱我的耻辱，恢复我清白的名声，使我将来不再受到贫困匮乏和不幸，除了他就没有别人了。对未来我还能抱什么希望，我还能向命运要求什么呢？费奥多拉说，不应该坐失自己的幸福；她说，在这种情况下还有什么幸福呢？至少我是走投无路了，我宝贵的朋友。我可怎么办呢？我老是这样干活儿把身体都搞垮了；我不能经常干活儿。去当用人吗？——那我会痛苦不堪的，而且我不能使人家满意。我天生多病，因此我会永远成为别人的包袱。当然，我现在也并不是去天堂，可是叫我有什么办法，我的朋友，叫我有什么办法呢？我还有什么选择呢？

我并不请您出主意。我要独自思考。您此刻看到的决定是不可改变的，我马上就要把这个决定通知贝科夫，他本来已经在催我做出最后的决定。他说他有事情不能等待，他必须离开，不能为这种小事耽误正事。我的命运掌握在上帝的神圣的、不可知的手里，只有上帝知道我会不会幸福，可是我决心下定了。据说贝科夫是个善良的人，他会尊重我，也许，我也会尊重他。对我们这样的婚姻还能抱什么奢望呢？

我把一切都告诉您了，马卡尔·阿历克谢耶维奇。我相信您会了解我的一切苦闷。别劝我打消我的主意了。您的努力会是徒劳的。您在自己心里衡量衡量使我非如此不可的种种原因吧。起初我非常惊慌，可是现在我比较平静了。前途如何，我不知道。只好听天由命，随便上帝安排吧！……

贝科夫来了；这封信只好搁下。我还有好多话要对您讲呢。贝科夫已经到这里了！

瓦·多

九月二十三日

小宝贝，瓦尔瓦拉·阿历克谢耶芙娜！

小宝贝，我赶忙要给您复信；小宝贝，我急于要对您说，我感到惊讶。这一切好像不对头……昨天我们埋葬了戈尔什科夫。是的，事情是这样的，瓦连卡，事情是这样的。贝科夫的举动很体面，不过，您看，我的亲人，您也就同意了。当然，一切都是上帝的意旨，是这样的，一定应该如此，就是说，在这件事情上上帝的意旨一定应该如此，天上造物主的天意当然是既美好而又不可预知的，命运也是如此，它们都是一样。费奥多拉也对您表示同情。当然，小宝贝，如今您要幸福了，小宝贝，您会称心如意了，我亲爱的，我的小宝贝，我最心爱的，我的小天使。不过，您看，瓦连卡，这件事怎么会来得这么快呢？……是啊，有事……贝科夫先生有事，当然，谁没有事，他也可能有事……

他从您那儿出来的时候我看见了他。是一个仪表堂堂的男子汉，甚至非常魁梧，很神气。不过这一切似乎总有些不对头，问题不在于他是个仪表堂堂的男子汉，而是我现在不知怎么心烦意乱。这样一来，现在我们将要怎么通信呢？至于我，我一个人留下来怎么办呢？我，我的小天使，我一切都考虑过，一切都考虑过了，把您信里写给我的一切，我在心里统统考虑过了，考虑过这些原因了。我已经抄完第二十印张，哪知就出了这件事！小宝贝，现在您就要走了，您还要买各种各样的东西，各式各样的鞋子啦，衣服啦，我正好在豌豆街上有一家熟识的商店，您记得吗，我在信里还给您统统描写过呢。可是不行！您怎么能这样，小宝贝，您是怎么啦！要知道您现在不能出门，根本不能，绝对不能。要知道您需要买许许多多东西，还要添置一辆马车。而现在的天气是这么恶劣，您看，下着瓢泼大雨，湿淋淋的，而且……而且，您会冻着的，我的小天使，您的心坎都会觉得冷！要知道您怕见生人，可是您还要去。留下我孤零零的一个人在这儿去靠谁呢？费奥多拉还说什么有很大的幸福等待着您……其实她是个不懂道理的娘儿们，她要毁了我。小宝贝，今天您去做晚祷吗？我倒想去看看您。的确，小宝贝，您的的确确是个既有学问又有美德的多愁善感的姑娘，只是，最好还是让他去娶个商人的女儿好!小宝贝,您以为怎么样,还是让他去娶个商人的女儿好!我要到您那里去,我的瓦连卡,天一黑我就跑到您那儿去待上个把钟头。现在天黑得早,所以我就要跑过去了。小宝贝,今天我一定要到您那儿待上个把钟头。现在您是在等贝科夫吧,他一走,我就……您等着吧,小宝贝,我就要跑来了……

马卡尔·杰武什金
九月二十三日

我的朋友,马卡尔·阿历克谢耶维奇!

贝科夫先生说,我一定要有三打荷兰亚麻布衬衫。因此需要赶紧找几个女裁缝来做两打,我们的时间很紧迫。贝科夫先生发脾气说,为了这些破玩意儿麻烦太多。我们的婚礼过五天举行,婚后第二天我们就要离开。贝科夫先生急于要走,他说不应该在这种无聊的事情上浪费许多时间。我忙得累坏了,几乎站不住了。事情一大堆,可是,真的,要是这些事一样都没有就好了。还有:我们缺少丝织花边和钩花织物,所以还要去买,因为贝科夫先生说他不愿意让他的妻子穿得像个厨娘似的,说我一定要"把所有的地主太太都比下去"。他是亲口这么说的。所以,马卡尔·阿历克谢耶维奇,请去豌豆街找一下希丰太太,请她,第一,派几个女裁缝到我们这儿来;第二,劳她的驾亲自来一趟。今天我病了。我们的新居又冷又乱得厉害。贝科夫先生的姑母老得快咽气了。我担心她会在我们动身之前死去,可是贝科夫先生说,不要紧,她会清醒过来的。我们家里乱七八糟的。贝科夫先生不跟我们住在一起,因此只有上帝知道他的那些仆人都跑到哪里去了。有时只有费奥多拉一个人服侍我们。给贝科夫先生照料一切的那个贴身仆人已经三天不见影踪。贝科夫先生每天早上来,老发脾气,昨天还打了这所房子的伙计,为此跟警察起了冲突……现在连给您送信的人都没有了,我写信只好邮寄。是啊!我差点儿把一件最重要的事忘了,请告诉希丰太太,要她务必把丝织花边换得跟昨天的花样相配,还要她亲自到我这儿来把新选的样子给我看。再告诉她,关于薄背心我改变了主意,要用钩针绣。还有手帕上的花字要用绷子来绣,您听到没有,要用绷子绣,不要用平绣,请记住别忘了,要用绷子绣!还有一件事我差点儿忘了,看在上帝的分上,请转告她,短披肩上的小叶子要绣得凸起来,要带细丝带做的卷须和刺,然后用花边或者用宽荷叶边在领子上镶一圈。请您转告她,马卡尔·阿历克谢耶维奇。

您的瓦·多

又及:我总是托您办这些事来麻烦您,感到很过意不去。前天您已经跑了整整一个早上,可是有什么办法呢!我们的房子里凌乱不堪,我自己身体又不好。您就别怨我了,马卡尔·阿历克谢耶维奇。我是多么苦闷哪!唉,将来会怎么样呢,我的朋友,我亲爱的,我善良的马卡尔·阿历克谢耶维奇!我真怕瞥视一下我的未来。我总预感到要出什么事,人好像总是迷迷糊糊。

又及:看在上帝的分上,我的朋友,方才我对您说的那些事,您可千万一样也不要忘记。我总在担心,怕您会弄错什么事。您要记住,要用绷子绣,不要用平绣。

瓦·多

九月二十七日

仁慈的瓦尔瓦拉·阿历克谢耶芙娜小姐！

您委托我办的事我全尽心办好了。希丰太太说她自己也想用绷绣，这样会好看些，还说了些什么我就不知道了。我没有听明白。哦，还有您信里说到荷叶边，她也讲到荷叶边。只是，小宝贝，我忘了关于荷叶边她对我说了些什么。我只记得她说了一大套；这个娘儿们真讨厌！她倒是说了些什么来着？反正她自己都会对您说的。我的小宝贝，我简直累坏了。今天我连上班都没有去。只是您，我的亲人，不必感到绝望。为了让您放心，我准备跑遍所有的商店。您信里说您不敢看未来，反正今晚七点钟您都会知道了。希丰太太要亲自到您那里去，所以您不必那么绝望，您抱着希望吧，小宝贝；可能一切都会好转——就是这样。现在我老在想那该死的荷叶边——唉，这荷叶边，这荷叶边真要我的命！我本想跑到您那里去，小天使，我本来要跑去，一定要跑去，我已经两次走过您的大门口。可是贝科夫，我是要说，贝科夫先生总是那么生气的样子，叫人看了有点儿那个……是啊，何必去提它！

马卡尔·杰武什金

九月二十七日

仁慈的马卡尔·阿历克谢耶维奇先生！

看在上帝的分上，请马上跑到钻石商那里去，对他说，镶珍珠和绿宝石的耳环不要做了。贝科夫先生说，那太贵，我们买不起。他发脾气说，我们是在掏他的口袋，是在抢他的钱。昨天他说，要是他事先知道和预见到要花这许多钱，他就不搞这一套了。他说，我们一举行完婚礼马上就动身，不请客，我也休想搞舞会什么的；现在离喜庆的日子还远着呢。他就是这么说的。可是上帝看见，我哪里要这些！什么东西都是贝科夫先生亲自订购的。我什么话都不敢回答他：他的性子是那么暴躁。将来我会怎么样呢！

瓦·多

九月二十八日

我亲爱的瓦尔瓦拉·阿历克谢耶芙娜！

我，也就是钻石商说，好吧。开始我本来想对您说说我自己，说我病了，不能起床。可是现在碰上这么忙碌紧要的时刻我偏偏着了凉，真见鬼！我还要告诉您，我是不幸之上又加上不幸，大人变得严厉起来，他对叶梅利扬·伊万诺维奇大发雷霆，大叫大嚷，最后累得筋疲力尽，这个可怜的人。现在我把一切都告诉您了。本来我还要同您谈点什么，只是怕给您添麻烦。要知道，小宝贝，我这个人又笨头脑又简单，只会想到什么就写什么，因此，也许您会有什么——唉，提它干什么！

您的马卡尔·杰武什金
九月二十八日

瓦尔瓦拉·阿历克谢耶芙娜，我的亲人！

我今天看见了费奥多拉，我亲爱的。她说你们明天就要结婚，后天就动身，还说贝科夫先生已经在租马车。关于大人的事我已经对您说了，小宝贝。还有，豌豆街那家商店的账单我都核对过了，一点儿没错，只是太贵。不过，贝科夫先生为什么要对您发脾气呢？是的，您是会幸福的，小宝贝！我高兴，是啊，只要您幸福，我就会快乐。我本来要去教堂，小宝贝，可是我的腰痛，去不成了。因此现在我老是在想我们通信的事：今后有谁来给我们传递书信呢，小宝贝？是啊！您慷慨地给了费奥多拉许多钱，是做了一件好事，我亲爱的！您是做了一件好事，我的朋友，这件事您做得非常好。好事情！为了每一件好事上帝都会赐福给您。做好事不会没有好报，善行永远会受到上帝的公正的嘉奖，不过或早或晚而已，小宝贝！我本来有许多话要对您说，就这样每个钟头、每分钟不停地写下去，不停地写下去！您还有一本《别尔金小说集》留在我这里，您看，小宝贝，您就别从我这儿拿走了，把它送给我吧，我亲爱的。这倒不是因为我十分想读它；可是您自己知道，冬天快来了，黄昏是漫长的，令人百无聊赖，我就可以读读它。小宝贝，我就要从我住的地方搬到您原来的旧居，我要向费奥多拉把它租下。现在我不会无缘无故地离开这个老实的女人，何况她又是那么勤快。昨天我去仔细看了您的空寓所。那里有您的小绣花绷子，上面有您绣的东西，都留在那里没动，放在屋角里。我仔细看了您的刺绣。那儿还留着各种各样的碎布头。您用我的一封短信绕了线。在小桌上我找到一小张纸，上面写着："仁慈的马卡尔·阿历克谢耶维奇，我急于"——就是这些。看来，在最有趣的地方有人来打断了您。屏风后面的角落里放着您的小床……我心爱的人哪！！！好啦，再见了，再见；看在上帝的分上，接信后快些给我回信。

马卡尔·杰武什金
九月二十九日

我最亲爱的朋友，马卡尔·阿历克谢耶维奇！

一切都办妥了！我的命运已经决定了，我不知道命运如何，可是我只能听从上帝的意旨。明天我们就要走了。我最后一次和您告别，我最亲爱的人，我的朋友，我的恩人，我的亲人！不要为我伤心，幸福地活下去吧，要记住我，愿上帝祝福您！在我的思想里，在我的祷告里，我要常常记起您。这一段时间也就此了结！我过去的回忆中可以带到新生活里去的愉快的事情很少，因此关于您的记忆也就弥足珍贵，您在我的心里也弥足珍贵了。您是我唯一的朋友，这里只有您一个人爱我。要知道一切我都看在眼里，我知道您是多么爱我！我的一个微笑、我的一行信，都会使您幸福。

现在您却不得不和我疏远了。您一个人留在这里可怎么办呢？您留在这里靠什么人呢，我的善良的、最亲爱的、唯一的朋友！我把那本书、绣花绷子和开了头的信都留给您。等您看到这已经开头的两行信，您就把希望从我这里听到或是读到的那些话，我本想写给您的以及我现在不能写的那些话，统统在头脑里想出来吧！请记住您的可怜的瓦连卡，她是那么强烈地爱您。您所有的信我都留在费奥多拉的五斗柜上面的抽屉里。您信里说您病了，可是贝科夫先生今天哪儿也不让我去。我会给您写信的，我的朋友，我答应您，但是只有上帝知道会发生什么事。总之，现在我们要永别了，我的朋友，我亲爱的，我的亲人，永别了！……啊，要是现在我能拥抱您就好了！再见吧，我的朋友，再见，再见！希望您生活幸福，身体健康。我将永远为您祈祷。啊！我多么忧伤，我整个心灵感到多么压抑呀。贝科夫先生在叫我。

永远爱您的瓦

又及：现在我的心里堵得满满的，堵满了泪水……

泪水憋得我不能透气,撕碎了我的心。再见吧。

上帝啊!我是多么忧伤!

记住我,记住您可怜的瓦连卡!

九月三十日

小宝贝,瓦连卡,我亲爱的,我珍贵的人!他们正在把您带走,您要走了!现在他们就是把我的心从我的胸腔里剜出来,也比把您从我这里带走的好!您这是怎么搞的!瞧,您在哭,可是您还是走了?!我此刻刚接到您的信,满纸泪痕。这么说来,您并不愿意走,这么说来,您是硬被带走的,这么说来,您舍不得我,这么说来,您是爱我的!而且,今后您要跟什么人一同生活呀?在那边,您的心会感到忧伤、厌恶、冷冰冰的。痛苦会把您的心吸干,忧伤会把您的心撕成两半。您在那里会死去,他们会把您埋在潮湿的泥土里,在那里没有人会为您哭泣!贝科夫先生会老是去打野兔……啊,小宝贝,小宝贝!您怎么能做出这样的决定,您怎么能下决心走这一步?您这是做什么,您这是做什么,您怎么对自己做出这种事来!要知道他们在那里会把您领上死路，他们在那里会把您折磨死，小天使。要知道，小宝贝，您虚弱得像根羽毛一样！而我呢，也不知道我到哪里去了？我这个傻瓜不知在看什么热闹！我明明看见孩子在瞎胡闹，孩子的脑袋简直有毛病！我本该老实不客气地跑上前去——可是偏不，我这个大傻瓜什么也没有想，什么也没有看见，好像这件事很对，好像事情与我无关似的，还要去为荷叶边奔走！……不行，瓦连卡，我要起床，也许到明天我的身体会好起来，我就能够起床了！……小宝贝，我要扑到车轮底下，我不让您走！啊，不行，这到底是怎么回事？这是凭什么权利这么做的？我要跟您走，如果你们不带我走，我就跟在你们的马车后面跑，我要拼命地跑，一直跑到我断气为止。只是您知不知道您要去的那个地方是什么样的，小宝贝？您也许不知道，那就问问我吧！那里是草原，一片光秃秃的草原，就像我的手掌一样光秃！那里有的是没有感情的农村妇女，没有受过教育的乡巴佬和酒鬼。现在那里树上的叶子纷纷落下，那里又在下雨，又是寒冷——可是您却要到那里去！好吧，贝科夫先生到了那里倒有事可干：他可以在那里打野兔；可是您呢？您愿意去做地主太太吗，小宝贝？可是，我的小天使啊！您看看您自己，您哪里像个地主太太？……事情怎么会这样呢，瓦连卡！今后我将要给谁写信呢，小宝贝？是啊，小宝贝，您倒是考虑考虑，小宝贝，今后我将给谁写信呢？我要叫谁小宝贝，我要用这么亲热的称呼去叫谁呢？今后叫我到哪里去找您呢，我的小天使？我会死的，瓦连卡，一定会死，我的心承受不了这样的不幸！我爱您像爱上帝的光，我爱您像爱自己的亲闺女一样，我爱您的一切，小宝贝，我的亲人！我一向只是为您一个人活着！我工作也罢，抄写也罢，走路也罢，散步也罢，把我观察到的事情以亲切的书信的形式在纸上表达出来也罢，这一切都是因为您，小宝贝，就住在这儿对面，就在附近。这也许您原来都不知道，然而这一切正是这样！是啊，您听我说，小宝贝，您考虑考虑，我亲爱的宝贝，您要离开我们而去，这怎么行呢？我的亲人，要知道您不能走，这不行，这简直是绝对不行！要知道现在在下雨，您身体虚弱，您会着凉的。您的马车会被淋湿透，一定会被淋湿透。您刚出城门，马车就会坏了；好像有意捣乱似的坏掉。要知道，在这个彼得堡，马车造得糟透了！这些造马车的工匠我都熟悉；他们只能造些小模型、小玩具什么的，可是不结实，我敢发誓，他们造不出结实的东西！小宝贝，我要跪倒在贝科夫先生跟前，我要向他说明，向他说明一切！小宝贝，您也要向他说明，跟他摆事实讲道理。您说您要留下，您不能走！……唉，他为什么不在莫斯科娶个商人的女儿呢？他就该娶她才是！商人的女儿对他来说要好一些，和他更般配；其中的原因我是知道的！而我要把您留在我身边。小宝贝，这个贝科夫算您的什么人呢？他凭哪一点儿忽然使您觉得他变得可爱了呢？也许是因为他老给您买荷叶边吧，您也许是因为这个缘故吧？要知道，荷叶边算什么？要荷叶边有什么用？要知道，小宝贝，那是废物！这里讲的是人的生死问题，要知道，小宝贝，荷叶边是破布，小宝贝，荷叶边只是破布而已。而且我自己就能给您买，只要我领到薪水，我就要买许许多多荷叶边，我要给您买许多，小宝贝；那边有一家我认识的小铺子，只是您要等我领到薪水，我的小天使，瓦连卡！啊，天哪，天哪！这么说来，您是一定要跟贝科夫先生到草原上去了，而且是一去就不回来了！啊，小宝贝！……不，您还要给我写信，您还要给我写一封信，把一切都告诉我；您走后，就从那儿写信给我。不然的话，我的美妙的天使，它岂不就成了最后一封信了，可是要知道，说什么也不能让这封信成为最后一封。怎么会突然之间，的的确确成为最后一封！这可不成，我要写，您也要写……否则的话，我的文笔现在刚有些像样……唉，我的亲人，文笔算什么！因为现在我都不知道我在写些什么，什么也不知道，一点儿也不知道，我也不想再重读一遍，也顾不得修饰，我写只是为了要写，只是想多给您写一些……我亲爱的，我的亲人，我的小宝贝！